幻想郵局

ゲンソウユウビンキョク

堀川麻子

烏鴉仰視著我，開口對我說：「是小猴子啊。」

那隻烏鴉倒在乾硬的泥地上就快死去，牠細如樹枝的雙腳已動不了，無法起身，嘴喙也闔不上。

「我才不是小猴子，是人類。我是蝶田小學二年一班的安倍梓。」

那天因為我們學校的遠足而來到狗山。

低海拔的狗山山頂上有一個小小的廣場，還有一間古老的神社。狀似綠胸宴蜓的大蜻蜓飛來飛去，那是我在市區裡從來沒看過的蜻蜓。

那天我會找到瀕死的烏鴉，或許是因為我擁有一項與眾不同的技能。烏鴉漆黑雙眸中的光亮逐漸散去，最後緩緩地閉上眼睛。

「小猴子，改天再見吧。」

「你不可以閉上眼睛！」

聽到我激動的要求，烏鴉張著渾圓的雙眼，那是牠最後一個動作。我默默地哭到上氣不接下氣，一邊將烏鴉埋葬、為牠蓋墳墓。

那是發生在我八歲生日前十天的事情。

目次

幻想郵局

1 山頂上的郵局

七月的一個晴朗早晨，我騎著腳踏車奔馳在郊外一條筆直道路上。

今天早上九點開始新的打工，我卻在黎明時夢見小時候遠足的事情而睡過頭，結果……真有點糟糕。

我眺望一整片的稻田，一邊踩著踏板。

這條路原本是條產業道路，不知何時變成主要幹道的替代道路，早晚上下班時間都塞得很嚴重。快要遲到的我騎在狹窄的路肩上趕路，就差點掉進田裡。

（大家吃過早餐了嗎？）

春天一起從短大畢業的朋友分別進入不同的公司，各自過著忙碌的生活，只有我沒有找到工作。大家理所當然地走到下一步，我卻一直踏不出去。對於停留在原地的女兒，我的父母始終保持著寬容的態度。

「最後總是會找到妳想做的事情，畢竟工作佔了生活大半的時間，而且還要持續好幾年、好幾十年。」

「不要急著決定啊，最終可以找到理想工作才是最令人羨慕的，且更重要的是自己也覺得幸福。」

（可是！）

我不知道對自己而言，什麼是理想的工作，我認真思索的結果是盡量不和別人起衝突，並能從中獲得充實感，但要我具體思考什麼樣的工作才符合我的理想時，根本就想不下去了。

（問題就出在這裡吧。）

當身邊的朋友去參觀公司、接受面試的時候，我卻是在幫腳踏車上紅色油漆、幫爸媽搬家、找東西和看書。

「啊，對了。」媽媽把東西塞到箱子的同時，突然想起什麼，拍了膝蓋一下說：「小梓，妳是不是想留在這裡？」

「嗯，我想留下來。」

「是喔。」

結果爸媽留下前途茫茫的女兒，接受公司的人事令搬家去了。我送他們到車站時，他們看起來一點也不擔心。

「小梓一定能找到理想的工作。」

長臉的爸爸和圓臉的媽媽，意味深長地嘻嘻笑著。

另一方面，學校的態度卻變得更加嚴苛。

「安倍同學沒有什麼特殊技能嗎？例如英文檢定、祕書檢定或是簿記。」

「呃，小學的時候拿過珠算七級算嗎？」

就職課的職員面露凶相，於是我只好在履歷的特殊技能一欄填上「尋找失物」。

沒想到上星期學校的就職課居然聯絡我。

「有間公司看中妳的特殊技能，要請妳去打工。」

「就是我寫『尋找失物』的那一欄嗎？」

「對，對方就是看上那一點。如果妳願意的話，下星期一就開始上班，而且不用穿妳最討厭的套裝，便服就可以了。」

「是什麼樣的工作啊？難道是寶藏獵人之類的嗎？」

「怎麼可能？」

就職課的職員在電話另一頭笑了。

「是郵局啦。」

據說是賣郵票和收郵件之類的工作。

「喔。」

我嘻嘻嘻嘻地笑了。和坐在新幹線窗邊，對我露出笑容的父母一樣的嘻嘻笑。

「我最喜歡郵件了。」

信紙、信封、各種紀念郵票、封信封的貼紙，所有要素完美組成的信件，就像搭配適當的和服一樣美麗，就連刻意走到有點遠的市區信箱去寄信，我都覺得開心。

郵局窗口放置古老橡皮章的木箱、像是鄉下老舊車站的小郵局，宛如童話般惹人憐愛，我已然在腦中想像著工作的情景。

我就是因為這麼悠哉，完全都沒想過為什麼郵局要借重我尋找失物的能力，至於希望畢業生趕快找到出路的學校，這點似乎也不構成問題。

「請問是哪裡的郵局呢？」

「登天郵局。」

「登天郵局在哪裡？」

「嗯，這個嘛……」職員突然變得支支吾吾。

登天郵局位在很奇怪的地方，看地圖是蓋在山頂上。當然所謂的「山」不是富士山或是日本阿爾卑斯山之類的高山，而是位於田地中央，遠看像是座帳篷的狗山，郵局孤伶伶地佇立在那山頂上，聽說。

「山頂上的郵局嗎？好稀奇喔。」

「確實是很稀奇呢。」

狗山就在農業道路的盡頭。

（到了山腳下，環繞狗山的道路分為南北兩邊，爬上南邊道路的斜坡就會抵達登天郵局。）

我邊等紅綠燈，邊複誦文件上註明的交通方式。

「請問登天郵局在哪裡？」

有一道微弱的聲音彷彿是滲透我的想法，道出了我的心聲。

有個人突然出現，隔著腳踏車站在車道上看著我。因為實在是太突然，我在心底忍不住念著：「一二三，木頭人。」

（現在是電視節目在出外景嗎？）

我心中冒出這個想法，雖然自己也不知道為什麼。

可能是因為對方的妝容非常完美，是位時髦美女的關係吧？

「登天郵局在……」

她的香水味裡夾雜了燒焦的味道，我環視四周尋找焦味的源頭之後，指向道路盡頭的小山。

「這條路的盡頭是像縮小版富士山的狗山，到山腳之後右轉，順著坡道直上山頂就會到郵局了。」

「我爬得上去嗎？」

「小二的小朋友去遠足也能順利到達山頂喔，不過妳腳上的鞋子不太適合爬山。」

她小小的雙腳塗著粉紅色指甲油，趿著纖細的拖鞋式涼鞋。

「不介意的話，要不要坐上來，我載妳去？」

「嗯？」

涼鞋女一臉不好意思，不斷眨著眼睛。

我說：「我是登天郵局的計時員工。」

「真的嗎？真的可以嗎？謝謝妳，真是幫了我一個大忙，謝謝妳。」

她一笑，端正的五官也顯露出可愛的神情。

（我以前曾經跟烏鴉說過話呢！）

我讓這名路過的女子坐在行李架上，重新踩起踏板，但不知道為什麼，我完全感受不到後座的重量。

＊

濃厚的綠蔭覆蓋環繞狗山的那條道路，一路上大褐蟬的聲音不絕於耳。

也許是山林遮蔽了陽光，我開始覺得冷。

「感覺變得有點恐怖呢。」

坐在後座的女子因害怕而開始躁動不安，感受到背後那股氣息的我也跟著害怕起來。道路沒多久就消失在黑暗中，我嚇得停下腳踏車。

「沒路了。」

「唉！」涼鞋女發出一聲哀嘆。「我聽說狗山北側的山坡崩塌，所以舊的路無法通行。」

「咦？」我這時候才發現自己的失誤。

「妳剛剛說舊的道路嗎？」我居然犯下這種錯。

在狗山山腳下的兩條叉路我應該要往南走，卻走向北邊。

「我走錯路了！其實今天是我第一天上班，並不清楚路徑。」

「那該怎麼辦呢？」

「這種時候就是要『HOURENSOU』。」

「跟卜派有什麼關係？」

「不，身為社會人士的基本常識是『報告、聯絡、商量』。（譯註：日本公司強調「報告、聯絡、商量』的重要，若取每個詞的開頭，恰巧與菠菜同音）學校一直強調這件事情，我聽到都要煩死了。」

「都要死了嗎？」

涼鞋女真的怕了起來。本來想說至少要通知郵局我會遲到一點，但是關鍵時刻我翻遍了帆布包卻找不到手機。

（到底忘在哪裡了？）

昨天去了一趟親戚開的食堂，記得那時候還跟小朋友一起用手機玩遊戲。

（糟了，我又把手機忘在滿月食堂了。）

我雖然在履歷上標明擅長尋找失物，自己卻常丟東落西的。上班第一天連遲到也不打個電話聯絡，實在很像我會犯的錯，一想到此，我不禁沮喪了起來。

「對不起，我的手機在火災中燒掉後就沒再辦新的了。」

涼鞋女發現我的窘境，很抱歉地對我說。

「所謂的社會人，就是要能化危機為轉機呀。」

我想起就職課的職員對我說的話。

「這位客人，請您抓緊了。」

我全速騎回原本的方向，想說好歹要表示誠意，順便打著搞不好可以因為指引客人而受誇獎的狡猾主意。

「我們要出發囉。」

當我鼓起幹勁要衝時，涼鞋女怯生生地開口道：「那、那邊不就有一間食堂？也許可以借個電話。」

「真的嗎？」

前方郁郁青青的坡道好像到一半就沒了。

我們走向那裡，眼前的確出現她所說的平房和停車場。停車場出乎意料地寬敞，平房似是鋼骨建築。

「您對這一帶真熟呢。」

「我覺得我以前好像來過。」

太陽照射著停車場，水泥地看起來閃閃發光。一台輕型卡車孤伶伶地停在角落。停車場後方的建築物絕對不小，卻是一副即將被狗山的自然給吞噬的可憐模樣。正面的玻璃窗上是南瓜色的文字，寫著：「狗山休　站」

「狗山休站？」

狗山休站的大字旁邊是POP字形寫的「名產烤熊肉套餐八〇〇圓」、「珍奇甜點河蟹霜淇淋」等字樣，矖成小麥膚色的偶像在海報裡露出雪白的牙齒。

「啊，原來如此，原來是狗山休息站啊。」

寫著「息」的玻璃窗似乎是被拆下了。

「對不起，請等一下，我去打個電話給登天郵局。」

我留下腳踏車和涼鞋女，朝那建築物跑去。

休息站的玻璃窗內側一片漆黑，大概是為了省電沒開燈吧。儘管如此，我還是覺得怎麼會有人來到沒有路的休息站呢？

（咦？）

店裡好像有個人影，但是馬上又從我的視野中消失。

當我接近建築物，才發現自己要失望了。「狗山休息站」這幾個字之所以會看成「狗山休站」是因為「息」的玻璃窗已經被打破，碎了一地，在我眼前的是座休息站的廢墟。

正當我覺得廢墟很可怕的同時，徘徊於耳中的蟬鳴聲也莫名地沉靜下來，就在這個時候，我的身體突然動彈不得。

（哇！）

這下子我可真是嚇壞了，我被鬼壓身了。在我無法移動的視線裡看到從水泥縫隙中長出的蜀葵，乾枯的枝葉上開出紅色的花朵，那畫面令人感到非常不祥。

另一方面，休息站裡果然有東西在移動。

（是壞人嗎？還是幽靈？）

可怕的想法一一浮現腦海，我一邊勉強扭動僵固的脖子，一邊想到那位穿拖鞋式涼鞋的柔弱客人，我希望她能來救我，要不然好歹也自己逃走。

（好可怕、好可怕喔！）

廢墟中移動的人影像要加深我的恐懼似的，緩緩出現在我眼前。

對方穿過「狗山休　站」的「休」與「站」之間，大步走向我。他的身材高大，紅通通的大臉像極了生剝（譯註：秋田縣的山妖），哭泣的孩子看到他都會嚇得不敢出聲，而他那看起來怪力十足的手臂，單手拎著塞得滿滿的麻袋。

（那個袋子裡裝的是……）

可怕的幻想在我腦中打轉，我無聲地倒抽一口氣。

「……！」

「安倍梓小姐。」巨漢說中了我的名字。

無論是壞人還是幽靈，總之一語中的地喊出我的名字不是件好事。

「嘻嘻嘻嘻。」巨漢不知為何對我笑了。

我勉強移動視線才發現他胸前別了個名牌，寫著「登天郵局　局長　赤井」

（登天郵局的局長？）

「哈啊……」我嘆了一大口氣，剛才差點連三魂七魄都要被嚇飛了。不過，可以比預期更早一步為上班遲到而道歉總是好的。

「對不起，對不起。」

赤井局長把還在鬼壓身狀態的我搬上卡車的副駕駛座，在他幫我把腳踏車搬上卡車貨台的同時，我喀喀地轉動僵硬的脖子環顧四周。那涼鞋美女不知何時消失無蹤了。

（意外地是個薄情的人啊。）

「怎麼了嗎？」

「剛剛跟我一起來的人不見了。」

「我就只有看到妳，沒有別人吶。」赤井局長的大臉露出驚訝的表情。

「不過妳就是擅長找東西的安倍梓對吧？嗯，真是個不錯的技能，妳願意來，我們真的很高興。」赤井局長把自己的身體塞進駕駛座，一邊高興地對我說。

我居然把這一副好好先生模樣的局長當作壞人或是幽靈，心中充滿了罪惡感。

「呃，剛剛那棟建築物是？」我雖然說不出口我是因為被嚇到動彈不得，不過還是抑制不住好奇心想問。

赤井局長好像察覺我的想法，咯咯地笑了。

「啊，狗山休息站很可怕對吧？那裡其實是我們房東的房子。舊路不是因為土石流而無法通行？所以休息站就關門了。房東好心讓我們當作倉庫使用。順帶一提，房東在我們郵局負責送信。」

「房東也在登天郵局工作嗎？」

「對啊，他還蠻有名的喔。」

我一問：「什麼很有名？」赤井局長得意地說：「當然是送信啊。」

「那間休息站是青少年之間有名的靈異景點，常常有人跑來試膽，然後就會打破窗戶或是亂丟垃圾，帶來很多麻煩。」

我原先以為裝了被大卸八塊屍體的麻袋，其實裝的是空罐子和餐盒。赤井局長說他是來打掃倉庫。

「拿靈異景點當倉庫，還真有勇氣呢。」

「其他職員因為害怕而不肯靠近，把打掃的工作都推到我身上，這算是霸凌吧。」

赤井局長嘴巴上雖然這麼說，卻是一臉開心的樣子。

「明明這附近有更了不得的靈異景點。」

「咦？在哪裡？」

我戰戰兢兢地望向窗外。但是我還沒找到其他靈異景點，車子就已經來到南側的坡道了。手排的老舊輕型卡車發出誇張的怒吼，邊緩緩爬上狗山的坡道。

經歷短暫的兜風之後，我終於抵達登天郵局，上午的上班時間已經過了一半。

*

蓋在狗山山頂的登天郵局比我想像的平凡。屋齡十年左右的郵局是兩層木造房子，外牆是化妝板。我原本以為是位於高原的古老美麗建築物，所以有點失望。

名簿上寫著：

赤井

青木

鬼塚

登天

安倍

每個名字後面都蓋了章，只有我的還是空白。

我用畢業前在百圓商店買來的現成印章簽到，一邊漫不經心地聽著赤井局長和長得像漫畫裡喜歡拉麵的小池先生（譯註：藤子不二雄漫畫中的人物，出現於好幾部作品）的職員交談。

「局長，你找到了嗎？」

開口詢問的是長得像小池先生的職員，姓青木。我發現他講話有點娘娘腔，不過外表卻是隨處可見的中年歐吉桑模樣。

「倉庫裡沒看到。」赤井局長垂下兩道粗眉回答。

看來局長去狗山休息站真正的目的不是打掃，而是找東西，但似乎沒找到。

「沒有那玩意兒，那女人一定會變得跟妖怪一樣，把我們趕出去呀，之前不是才大鬧過一場嗎？那種人，應該要關得更──牢才對，就像關逃稅的鈔票！」

（關逃稅的鈔票？）

我雖然聽不太懂他們的對話，但是講話娘娘腔的青木先生發起脾氣來，讓人不是很舒服。

「那下次換你去倉庫找好了。」

「別開玩笑了，那裡可是有名的靈異景點吔！局長也知道我最討厭那種地方，如果不是跟鬼塚一起，我絕對不會去。」

我沒看到那個叫做鬼塚的人，他不怕靈異現象嗎？還是青木先生喜歡他呢？

另一位是和郵局同名的老先生，一直站在郵局門口旁邊烤篝火。從休息站到郵局的路上，赤井局長告訴我老先生是這一帶的地主。雖說他是送信的高手，但我只看到他把紙屑放進火裡，完全看不出要去送信的樣子。

「喂！妳！」

青木先生以高八度的聲音，朝我的後腦勺痛罵。

「光在名簿上蓋個章是要花幾分鐘呀？第一天就遲到，還在那邊給我裝死，那麼不想工作就回家去，不用再來了。」

「等一下，等一下，青木。」
赤井局長趕緊安撫青木先生。
「安倍小姐是我們郵局的重要戰力，因為她有一項很厲害的特殊技能。」
赤井局長果然特別強調我「擅長尋找失物」。雖然很高興局長幫我說話，但實在並不覺得這項技能值得如此被珍而重之。
他們究竟在找什麼呢？感覺好像是要我去找那東西，但是如果要我去那個廢墟裡找，一想到還是覺得心情沉重。
（我聽說工作是賣賣郵票和收收信才來的呀。）
赤井局長好像聽見我的心聲，笑瞇瞇地推著我，讓我坐在郵局窗口前。
「安倍小姐，請在這裡收取客人的郵件，登天先生會去送信。」
「是。」
赤井局長的手指指向在玄關前方曬太陽的老人之後，自己也走出去了。
「我還有園藝的工作。」局長的口氣像是對我說明，又像是自言自語，說完之後，巨大的身影就從我眼前消失。

留在辦公室的青木先生鑽進木作事務櫃裡，不時從裡面發出「啊啊」、「不行了」或是「沒辦法」的嘆息。

辦公室裡只剩下我和青木先生，椅子吱吱嘎嘎的聲音響遍整個辦公室。我實在是受不了這尷尬的氣氛，把吱吱嘎嘎響的椅子轉向青木先生所在的櫃子。

「請問你們在找什麼呢？」

「和妳沒關係。」青木先生的回答一點也不親切。

（我怎麼可以認輸呢！）

我頂著新人應有的純真，毫不氣餒地繼續發問。

「讓我幫忙吧，我很會找東西。」

「木牘。」

「啊？」

「歷史課學過吧？古人要寫字的時候，沒有紙張是用木牘。而且我要找的那塊木牘很大，有這──麼大。」

青木先生踮起腳尖，把手舉到頭的高度。

「那木牘啊……」

他說那木牘是從奈良遺跡中挖掘出來，上面寫有文字的木牌。這玩意兒居然會存放在郵局的事務櫃裡，這個世界真是難以理解。

「為什麼是木牘呢？」

「要問為什麼的話呢……」青木先生的小眼睛仰望天花板，一臉不耐煩，「是要我從頭開始說明嗎？」

「不用了，對不起。」

就算郵局是負責處理郵件的機關，工作上應該也用不到木牘。

（又不是擁有千年以上歷史的郵局。）

還是因為大家喜歡古董呢？難道有人捲入跟古董有關的糾紛嗎？

（為什麼上班時間要找古董呢？）

我下意識地歪著脖子露出疑惑的神情，青木先生的表情稍微柔和了一點。

「妳真的很會找東西嗎？」

「當然是真的，我爸爸搬家時搞丟土地權狀，都是因為我發揮能力才平安解決了風波，嗯。」

青木先生挑起一邊的眉毛盯著我看。

「哦？所以土地權狀在哪裡找到的？」

「掉在佛龕抽屜後面。」

「啊，我知道我知道，佛龕的抽屜裡總是塞了很多東西對吧，像是爺爺在打仗之前藏的砂糖點心、蟬蛻、忘記放進墳墓裡的骨灰（譯註：日本的墳墓不是土葬，而是放入火葬後的骨灰）或是假牙之類的。」

「我想應該沒有這些東西。」

「我們搞丟的是誓狀。」

不用我開口問什麼是誓狀，青木先生看到我驚訝的表情就知道我想問的問題。

「我們在找的是寫在木牘上的古老誓狀，所謂誓狀是以前的契約，但是和我們簽約的對象是神明。」

「那你們要找的果然是古董嗎？」

「嗯，也可以這麼說啦。」

「原來如此。」

這個職場如此悠哉，或許我也能融入。我邊這麼想，邊將視線轉移到處理儲匯業務的窗口。

「啊，剛剛的客人。」

青木先生座位的儲匯業務窗口前，佇立著一名看來不知所措的女子，是早上和我一起前來狗山的涼鞋女。

我向對方點頭致意。

「您沒事吧？剛剛突然找不到您……」

我問到一半，雙手抱胸的青木先生走過來，凶惡地瞪著涼鞋女。

「真理子，妳身上還是一股焦臭味。就算妳把香水當洗澡水一樣灑，還是馬上就會發現妳。來這裡幹嘛？」

青木先生用比對待我更差的態度，從客人手上搶走存摺。儘管我因為青木先生的態度嚇了一大跳，還是突然了解了早上覺得奇怪的原因。

（原來客人燒焦了。）

她身上的洋裝很奇特不是因為設計，而是燒焦了；只有一邊的長髮特別鬈，也不是因為燙過頭髮，而是燒焦鬈曲的痕跡。

（對了，她也說過她的手機在火災中燒掉了。）

我的視線轉移到青木先生正在刷的存摺，勉強看到上面印著「島岡真理子」的字樣。

「您這樣不是很辛苦嗎？火災把妳家燒掉了嗎？」

「才不辛苦呢。」青木先生的聲音跟冰一樣冷。

「喂，真理子，我告訴過妳不可以來這裡吧，妳啊，是進不了這裡的庭院的。」

「可是今天早上這位小姐說我可以來……」燒焦的客人睜著大眼睛向我求救。

結果青木先生瞇起眼睛，對我投以刺人的視線。

「喂！妳說過那種話嗎？」

我咬緊下唇，視線在他們兩人之間游移。

我從狗山休息站來到這裡的路上，為什麼赤井局長的輕型卡車沒有經過徒步的島岡真理子呢？

為什麼請客人來會挨罵呢？為什麼這個人不能進去庭院呢？

「職場上有許多新進人員無法理解的SOP，或說是管理方式、習慣、規定，總之有各式各樣的地雷。」

我回想起四月成為社會新鮮人的朋友向我再三強調過這些事。他們雖然一副厭煩的樣子抱怨著「真令人頭大」，我卻聽得心生羡慕。

（原來如此，這就是朋友講的地雷嗎？）

我終於有點明白，但又不懂究竟為何會這樣，我皺起眉頭，不斷眨著眼睛。

就在我不知如何是好的時候，青木先生惡狠狠地把存摺丟給涼鞋女真理子小姐，還要將她拖向門口，她回頭偷瞄窗口櫃台的樣子，看起來非常可憐。

「這位客人……」

我開口想叫住那客人的時候，青木先生大罵「不要多管閒事！」，還用力拍了我的手臂。

「……」

搞不清楚狀況的我不知該如何是好，只能呆呆地站在原地。真理子小姐又回頭看了我一次，無精打采地離開了。

這時候負責送信的登天先生走進辦公室來。

「大家今天辛苦了。」

登天先生睜著小眼睛盯著我看，接下來又小心翼翼地將視線轉移到青木先生身上。雖說他是這一帶的大地主，不過我相信就連他碰到脾氣爆躁得像座活火山的青木先生都得禮讓三分。

「今天天氣真好，是適合送信的好日子。」

登天先生走進辦公室，回頭瞇起雙眼凝視窗外，他轉向桌子後面的架子，拿起早上收取的郵件。

「青木先生，這位年輕小姐就是找東西的高手嗎？」

「是吧。」

「真是來了好人才。」

登天先生以他有些顫抖的雙手，抱起儲匯業務窗口的一疊紙鈔。

「嘿咻嘿咻。」

登天先生看起來已經不止八十八歲，他抱著一大包東西朝門口去，連走路都很吃力。我慌慌張張地跑向他，推開玻璃門。

「您接下來要去送信嗎？辛苦了。」

想到地主還要送信就覺得非常不可思議，我好奇地盯著登天先生看。

「也沒有那麼辛苦。」

登天先生滿是皺紋的臉，一笑之下便擠成一團了。他沒有跨上紅色的摩托車（譯註：日本的郵局代表色是紅色，郵差騎紅色的摩托車送信），也沒有騎上腳踏車，只是坐在烤篝火用的盆子前面。

「請問……」

「這裡送信很輕鬆喔。」

登天先生指著火焰熊熊的金色盆子，對我說「妳看」。用來烤篝火的盆子雕刻精細，圖案彷彿一筆畫成，精美得像是博物館裡的收藏。

「這叫做『鼎』，以前在中國是拿來當鍋子煎煮東西。不過呢，這口鼎是有法力的。」

登天先生布滿皺紋的嘴巴呵呵笑著。

「魔法？」

「對，把它當作魔法也沒錯。」

說完之後，登天先生就把收取的郵件全部丟進鼎裡的火焰中，我慌張地阻止：「哇！等等！等一下！」

郵件熊熊燃燒，轉眼間就化為灰燼。

（這個人一定是老到不行，不知道自己在做什麼！）

我向窗子另一邊的青木先生投以求救的眼神。

——妳很煩吔。

就算青木先生嘴巴連動都沒動，我也能猜測到他會說的話。

我應該使盡全力滅火，還是叫赤井局長來呢？我還在苦惱的時候，登天先生又將從儲匯業務窗口拿來的紙鈔丟進去燒。

「登天先生，登天先生，您在……」

當我正伸手去取出丟進鼎裡的東西時，登天先生笑瞇瞇地阻止我。

「這些都不是真的。」

「咦？」

「都是玩具紙鈔，你看。」

登天先生指著燃燒成灰的紙鈔。

（啊？）

這些的確都是假鈔——但並不是那種精美到會被警察抓走的假鈔，全都是福澤諭吉（譯註：日幣一萬圓紙鈔上印的人像）的臉換成小叮噹或是小孩子用蠟筆畫的假鈔。

（話說回來，以前也發生過類似的事情。）

我不經意地想起再也聽不到的懷念聲音。

「小梓，那些錢不要的話就給奶奶。」

奶奶對我說這句話的時候，我還在念幼稚園。那天是每年都會舉辦的「開店家家酒日」的最後一天。

所謂「開店家家酒日」是小朋友用老師做的幼稚園假錢，買賣彼此做的摺紙或是黏土。現在想起來，那應該是在教小朋友怎麼買東西吧，「商品」裡也有真的點心。因為可以恣意買東西，對於小朋友而言是非常開心的活動。

但是奶奶想要的不是我拿回家的點心，而是用蠟筆在圖畫紙上畫出來的幼稚園假錢，當時還是小孩子的我相當不解。

「奶奶，這是玩具錢，只有幼稚園辦開店家家酒的時候才能用吔。」

「這是小梓你們做的錢，所以奶奶也可以用。」

「騙人，要怎麼用？」

奶奶嘻嘻地笑著。

「奶奶要拿這些錢去天國買好地，然後在天國種菜，我已經決定好要種什麼了。」

大正時代出生的奶奶說了很多時髦的植物名稱，像是朝鮮薊和木莓等等。

「奶奶，可是把錢包帶去天國不會很難嗎？」

「很簡單，只要死的時候放到棺材裡，和奶奶一起送去火化場燒掉就好了。燒掉就會變成煙，升到天上去，簡而言之就是用煙宅配。小梓去把背面空白的傳單和自來水筆拿來。」

奶奶用圖畫表示燒掉的玩具假鈔怎麼送到故人手上，感覺很像後來自然課學到的水循環。

「那我幫奶奶做更大張的紙鈔，奶奶就可以去天國買城堡了。」

「城堡嗎？好啊，如果奶奶可以住在像凡爾賽宮的城堡裡，應該會高興死了。」

「死了才可以住吧？」

奶奶兩年之後過世，我不記得父母或是葬儀社有沒有把圖畫紙做的一千億日圓紙鈔放進棺材裡。

我一邊凝視化為灰燼的玩具紙鈔，胸口湧上一股不知道該說是恐懼還是悲傷的情緒。我忍不住轉移視線，發現郵局後面是一片壯觀的花海，遠處是推著單輪手推車努力工作的赤井局長，看起來就像人偶戲裡的人偶一樣小。花海裡有大理花、百合、虞美人和鳶尾花，黃色的金光菊和白色的雛菊隨風搖曳。我從來沒有看過如此美麗的風景，簡直就像天國。

（這就是壞心的青木先生說不讓客人看的庭院嗎？）

這裡是只開放給VIP的地方嗎？我看到穿著正式服裝的紳士淑女並排走在滿是花朵的庭院中。客人正走向由蔓性玫瑰、鐵線蓮所構成的華麗大門，走進大門後便緩緩消失，像是融化在風景之中。

——再見，再見，再見，再見，再見。

有人如歌唱般地重複這句話。

一股熱氣從色彩繽紛的花海當中升起。熱氣與隊伍混合，形成如同風景畫又像乖離現實的點描畫。這是怎麼一回事？不知道是因為煙燻到眼睛或者想起奶奶還是因為眼前的一切都過於恐怖，回到辦公室之後，我的眼淚簌簌而下，流個不停。

青木先生看到我用手帕摀著眼睛，無情地說：「如果是結膜炎就趕快去看醫生，不要傳染給我。」

＊

橘色的陽光射入西邊的窗子時，赤井局長才總算結束園藝工作，回到辦公室。

「妳還不習慣這裡的工作，應該累了吧？」

赤井局長的聲音比青木先生溫柔百倍，但是我的腦袋跟身體都因為混亂而放空。無論是尋找謎樣的失物、大家的一切行動，包含客人在內，全都十分不可思議，同時也讓我莫名地悲傷。

「小梓啊，」赤井局長親切地呼喚我：「從明天開始要發揮拿手工夫幫我們找東西囉。」

（我還得來這裡嗎？）

我不禁垮下臉來。

2 我們等妳很久囉

「小梓，那裡一定有問題！」

滿月食堂的廚房裡傳來艾莉激昂的聲音。

坐在我桌子對面的小男孩是艾莉的兒子將太，正在用我的手機玩遊戲。

土田艾莉算是遠親，我表哥的太太。

艾莉和我表哥兩人在十八、九歲時私奔。那時我還是國中生，到現在都還記得舅媽來家裡哭訴的景象。他們兩人生了將太後就回家來，儘管當初是私奔，回來之後反而過著非常平靜的生活，表哥進入當地的公司就職，艾莉則到婆婆經營的食堂幫忙。然而突如其來的打擊，將艾莉推向人生的深淵。當年一起私奔的丈夫因為交通意外突然離開人世，沒多久婆婆也病死了，家裡只剩艾莉和年幼的將太。不過艾莉本質就是個樂觀開朗的人，憑藉自己的力量走出人生的深淵，獨力撫養將太，同時經營滿月食堂。

原本爸媽對我說不適合去公司上班的話，就去滿月食堂打工當人生歷練也好，艾莉也因為人手不足，一直催我來工作。

「但是小梓卻跑去奇怪的地方打工，」艾莉生氣地抱怨：「喂喂，關山先生，很奇怪對吧？」她拉高聲音，對坐在角落的客人說。

關山先生是滿月食堂的常客，總是一副無精打采的樣子，老穿著同一件西裝，打著同樣的領帶，不知道他是一個人調來這裡工作還是沒結婚，就連愛打聽的艾莉也沒有聽過關山先生提起私事，畢竟關山先生總是沉默不語，視線也一直定著在托盤中的餐點上。

「不是觀光地的山頂上蓋郵局的確有點……。不過，嗯……」關山先生囁囁嚅嚅，好像在辯解什麼。

這是我第一次聽到關山先生的聲音，原來他的聲音和本人的形象如此貼近，讓我異常感動。艾莉聽了之後說：「對啊，我就說吧。」一邊舉起烤魚指向我。

「真的很奇怪嗎？」我沒自信地嘟囔。

「還有，妳迷路走到的狗山休息站可是有名的靈異景點喔。」

「是嗎？果然如此？」

「妳不知道嗎？小梓啊，妳小時候都在做什麼啊？」

艾莉驚訝地甩動夾著烤魚的菜筷，使得魚肉紛紛落掉。

「所謂的靈異景點是指？」關山先生難得插嘴。

「就是鬼會跑出來的地方，還有地縛靈。」五歲的將太也開口。

「會爆炸啊？」（譯註：地縛靈和爆炸的日文發音相近）

艾莉無視關山先生奇妙的自言自語，開始說起狗山休息站的傳說。

「啊，聽說，那個狗山休息站啊……」

以前有一對情侶，迷路走進狗山的舊路，他們想要把車子調頭回轉，於是開進入休息站的停車場。

「我要倒車，幫我看後面。」

「好。」

答應要幫忙的女朋友不經意地往後看，發現廢墟的黑色窗子上滿滿都是人臉。

「嗚哇！好噁心！」

「對吧，還有情侶故意跑進去喔。」

艾莉舉起食指，大眼睛一閃一閃的。

「這對情侶啊，是男生硬說要進去休息站裡買可樂。但是那裡不是廢墟嗎？女生勸男生不要進去，但是男生好像被附身一樣，堅持『裡面應該有還在營業的自動販賣機』，於是跑進廢墟裡。明明是開車來，可樂去其他地方也買得到，但是男生的眼神變得很奇怪，事情一定是從那時候就已經不對勁了。之後他一直沒回來，女生開始擔心，只好進去找他。」

她戰戰兢兢地走進廢墟，垮了一半的房子裡都是塵土又沒有燈光，眼前一片漆黑。等到眼睛習慣黑暗之後，她穿過倒下的桌子和疊在一起的椅子，一邊呼喚男友的名字，四處尋找他的下落，但是男友沒有回應，四周一片寂靜，這女生開始覺得自己身處於非現實、異常恐怖的地方，於是拉高聲量呼喊男朋友的名字。

這時候突然傳來東西掉落的微弱聲響，女生因為四周昏暗而無法分辨，但是當黑色甲蟲跑過腳邊時，她倒抽了一口氣，那一瞬間堵在胸口的噁心感像是發作般湧上喉頭，同時也發現原本看不清楚的地方，就站著她在找的人。但是她無法開口問對方：「你怎麼了？」男生面無表情地盯著女友看，從他脖子以下滿滿的都是——

「蟲子，都是蟲，他全身都是蠕動的蟲！」

無情的女生拋下男友，一個人開車逃走了，據說她抵達山腳的時候，整頭頭髮都白了，而那男生至今依舊不知去向。

「嗚哇，好可怕喔！艾莉，這是真的嗎？」

正當我和關山先生聽得正起勁的時候，後面傳來嘹亮的笑聲。

「當然是假的，都是騙人的。」

穿著黃色和式外套的帥哥像是在演古裝劇般誇張地掀起門簾，伴隨著另一位圓滾滾的中年客人一起走進來。

身著和式外套的帥哥是村下酒行的老闆，麻糬般胖嘟嘟的中年男子則是隸屬縣政府的刑警丸岡。

他們倆現在雖然經常一起來滿月食堂，其實過去的關係就像卡通《湯姆貓與傑利鼠》。丸岡刑警──店裡的暱稱是「阿丸」──以前在少年課的時候，村下先生是有名的不良少年，不過那都已經是三十年前的事情了。

「歡迎光臨。」

英俊的村下先生聽到艾莉的聲音，眉開眼笑，笑到臉上都擠出皺紋。他乍看之下很年輕，其實是年過四十的已婚男子。儘管如此，他還是很喜歡和艾莉講話，常找藉口來滿月食堂。

村下先生雖然說自己不是為了艾莉而來，但是他最近好像跟太太分居，沒人做飯給他吃，來食堂的機會也就更多了。

另一方面，擔任湯姆貓一角的丸岡刑警因為工作時間不規律，搞得家人都懶得搭理他，正想找個人聽他抱怨，於是又和以前一樣追著村下先生跑。

能夠埋首於工作到激怒家人，真是了不起。忘記是什麼時候，我曾對阿丸說：「原來工作是這麼一回事啊。」那時候阿丸為了掩飾害羞，刻意繃著一張臉，但他的眼睛和嘴角都在笑。

「該怎麼說呢？工作就是自己的容身之地，刑警就是男人所屬的地方。」

「喔喔喔，阿丸真是太帥了。」

既然如此，身為女性的我應該也有屬於自己的一片天地，如果有一天能找到，現在這股堆積在心頭或是腳底些許鬱悶的情緒一定全都會煙消雲散。

當我正這麼想的時候，靈異故事帶出村下先生的冒險故事。

「我年輕的時候去過好幾次狗山休息站，那裡無聊透了，也沒看過什麼妖魔鬼怪。」村下先生擺出一副壞壞的樣子，得意地說。

相信有鬼怪存在的艾莉聽了之後發起脾氣來：

「可是那裡真的很有名啊！連電視台都到現場採訪，而且擔任外景主持的偶像藝人還被附身。」

「騙人的啦，狗山休息站才沒有什麼幽靈，我以前去過好幾次了。」

村下先生也發起脾氣來。他的個性有些像小孩子，討厭有人反對自己的意見，就算對方是他最喜歡的艾莉也一樣。

「這傢伙以前就是市裡最大的壞蛋，現在就算要他在靈異景點開村下酒行的分店他也敢喔，對吧。」

阿丸用力拍了村下先生的肩膀，像是在為村下先生掛保證似的。

「哎喲，沒有啦。」連真正的刑警都誇獎自己大膽，村下先生的心情馬上又好了起來。

「聽說那一帶有間死人會去的郵局……」安靜的關山先生結帳之後走向門口，淡淡地喃喃自語。

「咦？」我和艾莉露出相同的表情，凝視關山先生消失在門簾後的背影。

村下先生和阿丸說起彼此的壞話，似乎沒有聽見關山先生說什麼。

＊

我回到住處，拿出家裡所有的抱枕將自己包圍起來。

關山先生離開時呢喃的那句話，一直在我耳中迴響。

——聽說那一帶有間死人會去的郵局……

我離不開抱枕山不是因為發懶，而是出於害怕。回到家一放鬆下來的瞬間，立刻腿軟。這一整天發生的怪事，全都因為關山先生的一句話得到解釋。

隱藏在山中的靈異景點。

島岡真理子的手機在火災中燒掉，自己也燒焦。

登天先生焚燒信件和玩具紙鈔。

職員都在尋找所謂寫在木牘上的誓狀，那令人摸不著頭緒的古董。

我爬過狹窄的房間，從書架上取出小學的畢業紀念冊。小學二年級的時候，我們徒步去狗山郊遊。

狗山離市區不遠，海拔也不高，正是適合小孩郊遊的地點。走向狗山的唯一道路，當時的人煙也和現在一樣稀少。

（那個時候……）

走累的我們抵達狗山山頂時，並沒有看到登天郵局，山頂也沒有我現在看到的那麼寬闊，高聳的樹木鬱鬱蒼蒼，遮蔽了些許陽光，還有一間古老的神社。

畢業紀念冊裡的狗山和我今天看到的狗山，怎麼看也不像是同一個地點。

（那片花海簡直就像綿延到地平線一樣寬廣）

——死人去的郵局，死人去的郵局，死人去的郵局，死人去的郵局……

同一句話反覆在我腦海中浮現，然後又突然中止。不知為何，冰箱的馬達聲也在同一時間停止。

「那是電視節目在出外景嗎？」我把畢業紀念冊放在膝蓋上，喃喃自語。

早上前往狗山的途中，遇到涼鞋女真理子小姐時，我以為是電視節目在出外景，因為她漂亮得像女演員——其實那是我誤解了。

（不對！）

記憶中的真理子小姐跟剪紙畫很像，只有她一個人的顏色和周遭的景色完全不同。正確來說，不是顏色不同，而是名喚島岡真理子的這個人沒有影子。我最初下意識地聯想到恐怖電影，於是把她當作女演員，才會導致誤判的結論——出外景。

（那個島岡真理子一定也已經死了。）

當我發現這件事情時，冰箱的馬達再次響起，我害怕得無法動彈。

＊

「敝人基於個人理由，辭去登天郵局計時員工一職——安倍梓」

我用最粗的油性筆在A4大小的影印紙寫下辭呈，放進傳真機。快要故障的傳真機是奶奶家留下來的舊東西，但還是一路勉強用下來，機器上貼滿卡通貼紙，我今天早上特別在意那些快要脫落和貼歪的貼紙。

「啊——」我張開嘴，打了個哈欠。現在才早上五點半，雖然起得太早，但是我也不想再鑽回棉被裡。一整個晚上，我一直在難以入睡的炎熱中翻來覆去。

想到還要再去登天郵局上班，我就陷入憂鬱的深淵。想起成為社會新鮮人熬過五月病（譯註：日本的會計年度是四月開始，四月進公司的新鮮人在努力一個月和經過五月初的黃金週假期之後往往會陷入不想上班的情緒。）的朋友們會說的激勵話語，我也想過要再試試看，但腦海一浮現沒有影子的真理子小姐，我全身更打起冷顫，然而又想著要重振精神，不斷告訴自己那一定是錯覺。

整晚反反覆覆的情緒讓我快發瘋，最後拿起筆筒裡最粗的筆，寫下生平第一封辭呈。

「寫好了。」我從短大給的公文信封裡拿出文件，確認了好幾次登天郵局的傳真號碼，在傳真機按下號碼，接下來又確認了兩次，才按下傳送鍵。我這輩子從來沒有這麼仔細、這麼用心過。

機器平順地吸入辭呈，又緩緩地吐出。但是當辭呈掉在地板上的時候，傳來陌生的電子聲響。我看到傳真機的螢幕上出現訊息：「現在無法傳送這份辭呈。」

「啊？」我以為自己睡昏頭，重新看了一次，但是訊息還是一樣。我重新將辭呈放好，再次傳送到一樣的號碼，結果還是沒有改變。

「現在無法傳送這份辭呈。」

我的呼吸不自覺地變快，舉起手摀住嘴巴。

翻閱傳真機的說明書，當然沒有記載這項錯誤訊息。傳真機的客服時間早上九點才開始，登天郵局的營業時間也是早上九點。

（都是九點，不就來不及嗎？）

這種時候我居然還能顧及禮貌，抓起辭呈衝向便利商店。

「抱歉，傳真機好像故障了。明明剛剛還可以用啊，真是奇怪。」店員很不好意思地向我道歉，我也回以難堪的點頭。

「應該沒有顯示『現在無法傳送這份辭呈』的錯誤訊息吧？」

「咦？您剛剛說什麼？」

「沒有，沒事。」

我垂頭喪氣，準備要回家的時候，溫柔的店員遲疑地開口：「呃，」他臉上浮現複雜的同情神色，對我說：「加油。」

我接下來又跑了好幾家便利商店，可是每一家店的傳真機都故障。我決定改用郵寄的，卻發現好幾十年都在那兒的郵筒居然昨天撤走了。

就在我試盡所有方法的同時，轉眼間就九點了，於是我打電話給短大的就職課，而不是傳真機公司的客服窗口。結果負責的職員剛好從今天開始休產假，且沒有交代她的職務代理人關於登天郵局的事。

「安倍同學運氣真是不好，可能是被詛咒了吧？」電話另一頭的職員說這句話應該沒什麼特別的意思，或者是我把「可能是搞錯了吧？」給聽錯了，不過這句話還是讓我心情盪到谷底，我沉默地掛上電話。

儘管如此，隨著分針與時針的移動，下定決心再也不要去的登天郵局卻一直浮現於我腦海。我又跟昨天一樣，心想：「糟了，遲到了。」

我用力地抓抓頭，抓完之後，把沉重的帆布包往肩上一背，腦袋一片空白地跑出房間。

（再這樣下去，我就是無故缺席了。）

明明錯不在我，然而複誦「無故缺席」四個字的時候，原本堅信自己沒錯的心卻鬆動了。話雖如此，但我實在沒辦法打電話給登天郵局說要請假或辭職，我知道只要聽到赤井局長的聲音，一定會被對方說服。

我的心情在責任感與不負責任之間搖擺，最後讓我的心情大幅傾向不負責任是當我發現錢包空空去提錢時，不應該出現任何入帳的存摺上卻顯示一筆匯入款。

薪資　登天郵局

「恐怖的人追過來了。」

提款機附近的人群紛紛回頭看著蒼白著臉、喃喃自語的我，露出嫌惡的表情。

＊

心情一整天遭受登天郵局的翻弄，無論是傳真還是郵筒還是提款機都徹底打擊了我，這種時候最需要的是讓人放鬆心情的地方。

通勤時間已過，眼前一串紅盛開的走道排出如畫般的景色非常平靜，上班的人都走進各自的公司，街頭也恢復安寧。

（啊，明明大家都在工作，我卻無故缺席。）

我懷抱罪惡感，走向市立博物館。

穿過好像隨時會有毛毛蟲掉下來的櫻花大道，抵達腳踏車停車場。市立博物館旁邊是市民游泳池，那裡傳來水聲和孩童的嘻笑聲，停車場卻空無一人。我偷偷摸摸停好腳踏車，快步走向博物館的正門。

（只要一下下，我什麼事也不要想，什麼事也不要想……）

這間博物館是我的心靈避難所，每次來到這裡，都有一種彷彿走進經典科幻小說場景的錯覺。

建設於昭和高度經濟成長期的博物館，就某種意義上就像是個遺跡，因此來到這裡會有種回到童年的感覺。隨著強烈的冷氣滲入身體，終於將室外的炎熱與諸多不安隔離在外。

我穿越到處有高低落差的大廳，走進電梯。

博物館最上層是設置將近半世紀的星象儀。我沒看過其他星象儀，所以對於古老的星象儀並沒有意見。看過英仙座流星雨觀測會的海報之後，我走進巨蛋形的放映室。現在雖然是暑假期間，放映室卻空無一人。看完我一個人包場的星象儀放映之後，我在模型、海報前閒晃著。

「昭和時代的孩子是在昭和式的幻想中成長，因此一定很期待想像中的未來世界。」

聽到耳熟的聲音，我驚恐地回頭。不過聲音的主人並不是登天郵局的人，而是身穿千鳥格紋西裝，打著領結，常出現在昭和童話中的歐吉桑。他挺著肚子，佇立在博物館中。

「我們以前所幻想的未來其實非常落後，例如穿梭於恆星之間的太空梭所安裝的超級電腦，中心部分居然是真空管；發射太空梭的基地附近是農田或是地瓜田等等。所以當我看到平成時代的現代景象，常常都會覺得怎麼會這樣？這間博物館感覺很古典對吧？好像身處於未曾降臨的未來一樣。對，這裡陳列的就是我少年時代想像的未來。」

聽著對方以獨特的語氣滔滔不絕，我慢慢才想到他就是星象儀解說廣播中所聽到的聲音。

「其實今天距離上次更動陳列已經事隔十年，裝上液晶螢幕就完全變成現代的樣子了。」打領結的歐吉桑不滿地喃喃道。

我左顧右盼，想表示同意對方的發言，但是視線最後卻停留在展示間中央的玻璃櫃。可能是以前都放在角落，所以未曾注意到吧，玻璃櫃中央有一個橘子大小的隕石，牌子上手寫著「登天隕石」。

登天？

「請問為什麼叫登天隕石呢？」我忍不住抖著聲音詢問。領結阿伯一臉神祕地說：「啊，這顆隕石很奇怪對吧？」

「嗯，呃……」

我不知道該如何說下去，領結阿伯又用他獨特的聲音繼續說明：「這顆隕石大概是十年前掉下來的。它的名字由來很有趣喔，是取自掉落地點附近的郵局。比方說，島根縣的美保關郵局附近墜落的隕石不就叫做美保關隕石嗎？不過這顆登天隕石不知為何如此謎樣十足，首先是它的名字，因為根本沒有叫做登天的郵局。」

其實有登天郵局喔，我在心裡說道。

「而且呀，」領結阿伯嘻嘻地笑了。「這顆隕石，會作怪。」

「會作怪？」

「隕石小姐十年前來到這裡的時候，發生了許多怪事。」

為什麼不是先生，而是小姐呢？領結阿伯一副期待我問的樣子，我也老實地問了。

「小姐，從天上降落凡間的當然是仙女啊。」

領結阿伯陶醉地回答我。看來關於天空的浪漫故事，每一件都能觸動領結阿伯的心弦，但我個人比較在意的是關於作怪的事。

「到底發生了什麼事呢？」

「妳是說怪事嗎？那可是千奇百怪。例如博物館突然停電，外頭傳來奇怪的聲音，火球四處亂飛，看到這些現象的職員一個接著一個生病。」
「火球，四處亂飛？」
聽到我回問，領結阿伯放聲笑了，似乎覺得自己說的話很好笑。
「所以我們請來附近神社的神官來鎮壓，那時候貼的符咒一直到現在都還在那上面，也因此這顆登天隕石還頗受附近小學生的喜愛，所以這次更動陳列時，就把她移到比較顯眼的地方，她可以說是我們博物館的明星。」
領結阿伯開心地挺著肚子，走回辦公室。
（博物館明星……）
我再度凝視這顆名為登天的隕石。
領結阿伯說的符咒橫跨玻璃櫃和底下的木頭檯子。那是一張和紙，上面畫了看起來像是仙人的圖案，四周寫著如同相撲排名的陌生符號，有一角破損、剝落。
（這樣不好吧？）
我試著把剝落的那一角貼回玻璃窗上，乾巴巴的符咒馬上又掉下來，垂在那裡。

（得用膠水黏回去才行。）

我走向辦公室的方向，想要告訴領結阿伯，但是一邁開腳步又改變心意。雖然不知道隕石作怪是真是假，不過領結阿伯應該沒把這件事情當真，所以就算我告訴他符咒脫落了，他應該會笑著回我說「妳好乖」之後，還是繼續置之不理吧。

（一般人都不會在意吧。）

都是因為登天郵局和狗山休息站，才會害我對這類事情反應過度。出現這樣的想法，表示我的心情逐漸平穩。很好，就是這樣，這或許也是市立博物館懷舊的力量。我哼著歌邊瀏覽展示，結果隕石玻璃櫃後方一張貼在牆上的海報吸引了我的注意。

那應該叫做「舞樂」吧？頭戴星星裝飾頭冠、披著繪有獅子圖案外褂的少女小露香肩，對我露出天真的笑容。

「登天樂？」

我應該是以前在古典文學課念過吧？雖然海報上沒有註明，但是我卻下意識地念出「登天樂」這三個字。

（原來這就是登天樂的服裝。）

當我傻傻地看著玻璃櫃後方的美少女海報時，棉絮從我頭上掉落。我不自覺地躲開，棉絮在我眼前緩緩降落，掉在油毯地板上。

當我看著棉絮，突然意識模糊。包著一層布的小型擴音器傳來如指甲搔抓的聲音：「……趕……」回聲與雜音混雜，很難聽得清楚。「趕……出……找……到……找……來。」那聲音跟蚊子在耳邊飛舞時聽到的很像。

我看了古老的擴音器一眼，視線又回到隕石對面的古代美少女海報。但是那張海報裡呈現的不再是古代舞蹈，變成以黑色夜空為底的英仙座流星群觀測會海報。

不，那張海報原本就是流星群觀測會的海報，我剛上樓來的時候就確認過觀測會的時間了。我的視線在恢復寧靜的擴音器與玻璃櫃後方的海報之間來回，過強的冷氣開始滲入我的背脊。明明是空無一人的展示間，我卻感受到有別人的氣息。

「這下糟了。」

所有的怪事都是從昨天去登天郵局的早晨開始。海報內容變成登天樂舞蹈，說不定海報中的美少女也和登天郵局有所關聯。

（登天郵局追到這裡來了嗎？）

我像是逃走般搭進狹小的電梯，按下一樓的按鈕。

（回想起來……）

很晚才開始找工作的我被所有公司拒絕，為什麼只有登天郵局如此熱情地邀請我呢？我安倍梓如果是這麼有能力的人才，為什麼其他公司都不肯錄用？我一邊思索一邊走出電梯，快速穿越狹窄的通道，結果在四處有高低落差的大廳中最低處，發現熟悉的身影。

「我等妳很久了喔。」宛如木雕的矮小老人，看到我便露出和藹的笑容，是登天郵局的登天先生。

「……」

冷氣吹出的風如暴風雪般襲擊我。我緩緩後退，想要不顧一切地逃走時，看到登天先生原本滿是皺紋的笑臉，變成垂下眉毛的悲傷表情。

*

「謝謝小梓願意來，上午我就算妳請半天假吧。」赤井局長紅通通的臉露出滿面的笑容。

下午一點左右，我在登天郵局的辦公室裡朝出勤表蓋下印章。還是一樣沒看到鬼塚先生，青木先生則凶狠地斜瞪著我。

「又遲到？最近的小孩都不把工作當一回事了。」

（我根本就不想來啊，一點也不想來。）

但是看到登天先生泫然欲泣的笑臉，我實在無法拋下矮小的老人自行逃走。結果登天先生請我吃了博物館食堂的親子蓋飯後，我請登天先生坐在腳踏車後座放行李的架子上，又自己回到敵人的陣營了。

「赤井先生，青木先生，你們最好跟安倍小姐說明清楚，你們也希望她之後會繼續來上班對吧。」登天先生開口道。他的口氣很平穩，赤井局長和青木先生卻像挨罵的小孩，一起露出忸怩的表情。

「無論如何，安倍小姐是尋找失物的高手，也是我們需要的人才。」

登天先生又推了赤井局長和青木先生一把。

「真是沒辦法。」青木先生緩緩打開抽屜，拿出一包零食，怒氣沖沖地撕破袋子，大口大口吃了起來。

「登天郵局簡單來說就是地獄的入口。」青木先生開始說明。

登天郵局像是郵局，卻又不是郵局，至少不是陽間所需要的地方。

我低聲呢喃「陽間」之後，嚇到張大嘴巴。

登天郵局建立在陽間與陰間的邊界上。之所以會蓋在山頂這種交通不便的地方正是因為如此。陽間與陰間的邊界不是可以隨意找到的地點，相當於海底的龍宮城或是地球自轉軌道上方的太空站。

「所以啊，可以設在這裡真是很幸運呢。」

「雖然發生許多事情……」赤井局長陷入沉默，好像還有什麼話想說。最後他還是小聲地說：「對啦，算是幸運的。」

「陽間與陰間的邊界是什麼意思呢？」

「就是，人死了之後就得從這裡前往陰間啊。」青木先生瞧不起似地從鼻子發出哼的一聲。

「啊？」

「電視上不是演過嗎？有過瀕死經驗的人所看到花海，就是郵局後面那片田。」青木先生豎起大拇指，指向窗外。

登天郵局後方有一大片不符合物理原理的寬廣花海。那是赤井局長拋下辦公事務，全心全意照顧的心血結晶，死者就是通過這片廣闊的花海，前往陰間。

「咦咦咦！」我大叫。「所以大家都死了嗎？打扮得漂漂亮亮，來逛庭院的不是VIP而是死人嗎？」

「說死人也太失禮，要說過世的人。」

「所以，大家都已經過世了嗎？」

啪！

我的額頭一帶發出聲響，雖然不是實際的聲響。這是剛剛的說明已經超越常理思考的範圍，我的腦袋切換成非理性思考的聲音。從今以後，登天郵局發生的所有不合理與不講理的事情，對於我安倍梓而言都將變成理所當然。

「原來如此，原來是這麼一回事。」我的心靈濾網整個崩壞，卻有種鬆了一口氣的感覺。

青木先生大概是發現我的理性已經短路，開心地拍打自己的膝蓋。

「那布滿蔓性玫瑰的門啊，一般稱為『地獄極樂門』。如果是生者走過去，哪裡也到不了，怨念太深，無法成佛的人走過去也是一樣，只有正常的死者才能穿過那扇門，抵達天堂，當然有時候是直通地獄就是了。」

「啊，這裡真的是地獄的入口呢。」

「聽說那一帶有間死人會去的郵局……」關山先生好像曾說過這樣的話。

「不過這裡可是正式的公家機關喔。」

青木先生自豪地表示登天郵局之所以稱為郵局可是有其「正當的理由」。位於地獄入口的登天郵局的確負責收取郵件與處理存摺，只是郵件不是生者之間的通信，存摺裡存的也不是人世間的貨幣，這裡收取的是死者寄給生者的信件，偶爾也會有生者拿著要寄給死者的信來。

「原來如此，所以才會用燒的。」放棄思考的我只是單純地點頭。

「換個方式來說，」赤井局長推開青木先生走向前。「靈魂與肉體之間不是難溝通嗎？」

從我們的角度來看，根本分不清亡魂、靈魂和幽靈有何差別，全都是虛幻、無法掌握的，然而對幽靈而言，困在肉體裡賴以生存的我們才更難以接近，因此需要有個機關協助雙方取得聯絡。

「這機關就是登天郵局。」赤井局長感動地張開雙手，朝辦公室一比。

記錄生者與死者雙方思念的書信不是像一般郵局那樣四處投遞，而是由登天先生悠然地燒掉，讓郵件化為白煙，以「第六感」或是「託夢」的形式送到收件人手上。

「大致是這樣。」

「既然如此，登天先生燒的玩具紙鈔也可以拿去陰間使用囉？可以去陰間買地種菜或是蓋像凡爾賽宮那樣的豪宅嗎？」

「要跟死者所積的功德一起算，看功德存摺帳面上的金額。」

「功德存摺？」

人生所做的功德與罪過，會在來到登天郵局時一筆不差地計算並明確條列在功德存摺上，簡而言之就是把功過都換算好、列印出來。

「無論是生者還是死者，來到登天郵局都會拿到功德存摺。」

「功德存摺是什麼樣子？」

「就長這樣。」

青木先生拿給我看的存摺範本印有「**對媳婦挑剔　幫助迷路的狗　沒做垃圾分類　捐錢給災害募款　回覽板看了不傳**（譯註：日本的鄰里有所謂的自治會，會把每期的通知或是注意事項貼在回覽板上，看完的人要做記號表示已經看完並拿給下一個人）」。日常生活中所有善行與惡行都被攤在陽光下，仔細判定分數並且列印出來。

「基本上大家都是要過地獄極樂門之前來刷存摺，偶爾也會有性急的人還沒領到存摺就跑去對面了。但是突然跑到黃泉去，那邊的手續繁複，要等更久，依照規定，最長要等上五十六億七千萬年。」

「等了五十六億七千多萬年的客人，請前往六六六號窗口。」我的耳朵深處好像傳來如此的幻聽。

「請問，」聆聽著這不可思議的解說時，我的腦中浮現一些很單純的疑問，「人死了之後是否會受到閻王的制裁？會聽到天使吹的喇叭聲嗎？或者心會被拿來稱重啊？」

「這些事才不能跟打工的說哩。」青木先生的口氣滿是嘲弄。

「我明白登天郵局是通往陰間的入口，但是為什麼我必須來這裡工作呢？」

「這當然是為了償還妳上輩子的惡行啊。」

赤井局長打斷放聲大笑的青木先生，向我說明：「因為小梓在履歷上寫了專長是尋找失物。」

「赤井局長，您是認真的嗎？」

「當然啦，小梓的履歷也不是亂寫的吧？」

赤井局長的紅色大臉湊到我面前，嚇得我不禁躲開。

「昨、昨天我來的時候，大家說找不到寫在木牘上的誓狀，所以很頭痛……」

「是啊，是以前要蓋郵局的時候，曾經發生過土地糾紛。」赤井局長紅通通的臉上有兩道如毛毛蟲的粗眉，現正下垂著。

「以前這裡有一間狗山比賣神社，呃，很久以來都沒有神主或是信徒，像是一間空房子……」

「果然有間神社啊。」我遠足時的記憶果然是正確的。

「是那間神社和登天郵局之間發生土地糾紛嗎？」

「猜對了。」

要設立登天郵局的時候，他們逼迫祭祀狗山比賣的神社遷往他處。狗山比賣是自古以來住在山頂的神明，由來久遠到無人知曉。由於狗山比賣神社位於陰陽交界，交通便利，登天郵局為了掌握此處，強行於此建造。

「好過分！」我忍不住抬起眼睛看著大家，他們三個都尷尬地轉移視線。

「可是神社那邊的人也很頑固啊，局長。」

「結果事情還沒處理好，就搞丟了土地權狀。」

「事情還沒解決就搞丟土地權狀？這真的很糟糕吔。」

「是啊。」

赤井局長深深地嘆了一口氣，真的一副苦惱到不知如何是好的樣子。

「畢竟對方比青木還性急。」

「咦？所以……」

我什麼都還沒說，青木先生就撞了我的肩膀，大聲怒吼：「妳有什麼意見？」

「所以我只要幫忙找東西就好了嗎？」

高大壯碩的赤井局長聽到這句話，露出小狗般開心的模樣。

「小梓不需要勉強，窗口的工作有空閒的時候再找就好了。要妳找的誓狀是寫在這樣大小的木牘上。」

果然是通往陰間的郵局，連土地權狀都使用不同於凡間的材料，我再次感到佩服。「所以你們才會破壞我要用的傳真機、拆除郵筒，最後連薪水都先匯給我？」

「等一下，局長。你居然這麼寵這個小女生，連薪水都先匯給她了嗎？」

「她要是不來了，我們不是會很麻煩嗎？」

赤井局長難得口氣如此強硬。但他還是用他的大臉疑惑地看向我，他說雖然先匯了薪水給我，但是不記得有破壞傳真機或是拆除郵筒這些事。

「我是說真的，因為我們做不到啊。」

「沒關係啦，不用再跟我客套。」我忍不住笑了起來。在這種遠離現實的地方，堅持一項傳真機的錯誤訊息也沒什麼意思。

「是啊，小事就不用管了——小梓，接下來就拜託妳了，就當作是積功德吧。」

赤井局長恭恭敬敬地將上面標著「戶名：安倍梓」的功德存摺交給我。

3 登天郵局的業務

楠本玉枝是登天郵局的常客，綽號「老太太」。

玉枝老太太是本縣最大的交通與觀光產業集團——楠本觀光集團的董事長，該集團業務內容涵蓋巴士公司、連鎖觀光旅館和各種娛樂設施，同時也身兼本地各龍頭企業的顧問或董事，具備各種頭銜的女企業家。

上一任董事長，也就是老太太的先生過世之後，老太太的經營手腕愈來愈強大。她與現在擔任總經理的兒子之間的關係，從兒子上小學以來一直沒變。簡而言之，楠本集團所有權力都掌握於母親手中，總經理只是傀儡。

老太太目前高齡八十四歲，八十四年來一直都很強勢，有時她的迫力甚至會超出自己的勢力範圍，遠達登天郵局。

「老太太來了！老太太！」

比平常來得晚的青木先生一衝進辦公室，就躲進桌子底下。

「老太太是誰啊？」

「老太太就是老太太，妳那種說話態度，當心被丟到井裡。」

我覺得至少用字遣詞還輪不到青木先生來教訓我。不過究竟是什麼樣的老太太要來呢？什麼都不知道的我興奮得像個小孩。

然而聽到青木先生的警告，赤井局長馬上消失於庭院中，登天先生搬著他平日愛用的鼎，躲到曬不到太陽的郵局後方。

「這位老太太是生者嗎？」

「當然是活的，真遺憾她還活著啊。」

在生者與死者都會前來造訪的登天郵局，就連這麼恐怖的對話都變得很平常。

老太太終於傲然登場。

看似專屬司機的男子為她推輪椅，一名三十歲左右、穿著開襟外套和成套毛衣的女子慌慌張張地隨侍在側。老太太緩緩舉起花朵圖案的枴杖，環視四周的眼神魄力十足。

我忍不住「喔喔」了一聲。

老太太身上的紬質和服顏色沉重，彷彿是將人生都整個織進那布料裡，搭配看上去像是鱷魚皮製的腰帶。如同百年前女性所梳理的蓬鬆髮型下是環視狹窄郵局的怒目，眼光如探照燈般掃射，途中稍微停留在我身上。

（打招呼，打、招、呼！）

縮在底下的青木先生抓住我的腳，催促我打招呼。我還在迷惘著該說「歡迎光臨」還是「初次見面」的時候，老太太先開口了。

「敝人、已經、請教過、非常多次了，請問收到、我的、郵件了嗎？」

老太太為了壓抑情緒，刻意一個字一個字分開來說，我都可以看見她沙啞的聲音震動空氣的模樣。

從天花板垂吊而下的風鈴在這奇怪的時機鈴鈴作響，原本躲起來的青木先生跳了起來。

「老太太，不好意思。」

「哎呀，是你！為何要躲起來？難道是做了什麼必須躲起來的虧心事嗎？」

坐在輪椅上的老太太只是轉動一雙眼睛，瞪了青木先生一眼，然後凶惡地回頭望向身後的女子，看來是要她趕快推輪椅。

穿著套裝的小婦人輕聲地喊道：「母親大人，對不起。」接著將輪椅朝櫃檯推去。

「我那在陰間的女兒寄來的包裹應該已經送到了吧？我都來了這麼多次，還不快點交給我！」

老太太的吼叫和剛才的發言正巧相反，快到近乎只聽到一個音節。氣氛緊繃，我忍不住打了噴嚏，但我的噴嚏都還沒打完，老太太即大喝一聲：「別胡鬧了！」

「呃，太太，敝局不收取包裹等郵件，更不可能出現您所謂來自陰間的貴包裹……」

「你的說法有誤！」

所有人的後方突然傳來怒吼，打斷青木先生的發言。

老太太帶來的強烈緊張感已讓大家不敢動，正面入口傳來的粗啞聲音更是魄力十足，讓我們幾乎嚇破膽。

「什麼貴包裹！這種時候只要說『包裹』就可以了！注意你的用詞！用詞！」

沉重玻璃雙拉門前站著一名長相如古裝劇裡專演壞人的凶惡男性，他手裡也拿著功德存摺，一臉憤怒。青木先生再度鑽回桌子底下，老太太轉動整個上半身，回頭望向對方。我瞪大眼睛、張大嘴巴，仔細觀察新來的客人。

「立花老師？是立花老師！老師，您老了好多！」我用力亂揉那被我說變老的男子的一頭白髮，對方也瞪大眼睛和張大嘴巴。

「喔！是安倍梓！」這位怒吼登場的人物是我國中的國文老師——立花千次郎。

「老師您還是那麼恐怖。」

「安倍同學也沒變，一臉傻呼呼。」

我還是國中生的時候，立花老師不只長相可怕，所做的一切也都很可怕。

我們在老師上課之前都會自動把掃除工具藏好，以免凶器在老師伸手可及的地方會發生危險。現在老師臉上多了好幾年份的皺紋，不僅沒有隨著年紀增長變得和藹，反倒是愈來愈恐怖了。

「很好很好，安倍同學在好地方上班。」

「我還是計時員工。」

「在這裡認真工作，人家就會請妳當正式員工。」

「……給我安靜聽我說！」老太太終於回過神來。看來立花老師奪走老太太的發言權，完全激怒了她。

「在地獄入口打工的根本就是廢材！既然如此就好好當個稱職的廢材，趕快把我的包裹拿給我！」

「居然敢說我的學生是廢材！就算是個老太婆，我也不能就這樣算了！」

「你居然敢叫我老太婆！我才要讓你後悔一輩子！」

兩人互相吼叫，我和青木先生對看之後，一起往後退。

穿套裝的小婦人似乎是老太太的媳婦，她向站在後方、面無表情的司機使個眼神，然後她一邊小聲地重複說：「都是我的錯」、「都是我不好」，一邊把老太太推出郵局。

風鈴又再度響起。

「那就是楠本觀光集團惡名昭彰的皇太后吧？那老太婆的功德存摺上一定是壞事一堆，精采得不得了吧？」說出這句話的立花老師可能不知道自己也是惡名滿貫。

「正如您所言。」青木先生的姿態變得很低，從年紀大的老師手中接過功德存摺。「相較之下，立花先生您的存摺德足以為人典範……」

「這些字眼又不是用來形容物品，不要濫用成語！」

立花老師如猛獸吼叫地指責青木先生，他舉起防盜彩球（譯註：一種防盜用品，彩球內裝有特殊顏料，沾到之後無法自行清洗清除），要青木先生說出正確的書信敬語。

「你說說看膝下、尊鑒、足下的區別！」

「呃，尊鑒是什麼意思呢？」青木先生走向不知道連線到何處的補摺機，把打開的存摺放入，印刷的方式跟一般銀行補摺機一樣，熟悉的唧唧聲結束之後，不可思議的存摺就從不可思議的補摺機裡退出來。

「立花老師也常常來這裡嗎？該不會老師也已經過世了吧？」

「哦哦，我還活著喔。不過第一次來這裡的時候，說是已經死了也不為過。」

立花老師的心情好到好像剛剛的劍拔弩張都不曾發生過，得意地對我說：「我去年在兒子家昏倒，被救護車送到醫院。救護車真是了不起，可以無視紅燈直往前進，那時候我覺得自己好像變成了偉人。」

「救護車不是無視交通號誌。」

「那不是重點，總之我動了大手術，而且還不是普通的手術，是很大的手術。正當醫師已經放棄，我變成幽靈來到這裡，可是啊……」

體驗瀕死經驗的立花老師踩到赤井局長忘在庭院的鏟子跌倒，結果因為跌倒的衝擊又回到人間，當他在醫院的病床上清醒時，不知為何膝蓋破皮、雙手還沾了泥土，醫生和家人當時都面面相覷，這件事至今也成為一個小小的傳奇。

「這裡後院的景色很美對吧？我住院的時候不斷回味，心想死前一定要再看一次。」

「您放心好了，死了以後誰都看得到。」青木先生又多嘴了。

「出院之後，我為了復健開始爬狗山，結果就來到這裡了。」

從此以後，立花老師就成為登天郵局的常客。

「不好意思。」我們三人正開心聊天時，背後傳來一道微弱的聲音。將老太太推出去的小婦人又回到門口，為了婆婆的無禮不斷向我們低頭道歉。

「這是我自己做的，如果大家不嫌棄的話……」

穿套裝的小婦人從印有彼得兔的紙袋裡拿出毛線織的貴賓狗娃娃。青木先生一看眼睛都亮了起來，迅速從我手中搶走這些貴賓狗娃娃。

「真可愛，妳的手好巧，請問……」青木先生快速將毛線娃娃排好，回頭望向小婦人。

「我叫楠本美穗子。」

「您是楠本觀光集團的總經理夫人！」

楠本美穗子像是受人虐待的灰姑娘，我們忍不住以同情的目光看著她。

她從木頭把手的天鵝絨手提袋中拿出和立花老師類似的存摺。這個外表樸素的包包一定也是她親手做的吧？

「麻煩您幫我補摺。」

「這就是那個惡婆婆的存摺嗎？」

聽到立花老師的毒舌提問，美穗子小姐無力地笑了一聲。

「剛剛我婆婆說的包裹還是沒寄到嗎？她相信過世的大姑一定會寄來，一直在等待……」

「生者和陰間的人是無法進行物質交換的。」

青木先生透過窗戶確認老太太的所在之處後，偷偷摸摸地走回來。老太太抓住赤井局長，逼迫局長向她介紹庭院裡的花朵。青木先生一邊對局長的慘況興災樂禍，一邊窺視美穗子小姐疲倦的面容。

「不過要是您方便的話，要不要告訴我們那包裹是怎麼一回事呢？」

「這一切都是我不好……」

開始鑽牛角尖的美穗子小姐低頭盯著自己的指甲，我們三人則是有點抱著愛看熱鬧的心情，等待美穗子小姐繼續說下去。

「理當寄包裹來的人是外子的姊姊。」

老太太有兩個小孩。弟弟是現在的總經理，負責飾演由母親操控的傀儡，反觀姊姊則是積極擔任老太太的左右手。

「但那其實不是姊姊真心想做的事。姊姊從年輕的時候就想經營小園藝店，不然就是小雜貨店、小小二手書店或小間的烤肉店。」

「一定要是小的嗎？」

「是的，對姊姊而言最重要的就是小小的店面。畢竟她打從一出生就在富麗堂皇的環境中成長，因此反而崇尚簡樸，姊姊本人也這麼說過。」

「保險起見，我想確認一下您大姑的名字是？」青木先生一邊翻閱帳本一邊詢問。

「七枝，她的名字是楠本七枝。」

「我受夠了！」這是楠本七枝的口頭禪，她的夢想根柢在於反抗。身為長女，一個微小實際上卻是野心勃勃的夢想，老太太是不可能同意的。

「我婆婆就如各位所見的，要挽留的手段也是非常激烈，一下子尋死尋活，一下子要殺了你一下又說你乾脆殺了我吧。一直到現在，外子都還會說那時候就像哈米吉多頓（Armageddon）一樣。」

我一開口問「什麼是哈米吉多頓？」，青木先生馬上為我註解：「就是世界末日。」

「最後是姊姊投降了。放棄夢想的姊姊依循老太太、呃，我婆婆的希望，協助經營楠本集團。她是有氣魄敢正面迎戰婆婆的人，加入經營團隊之後自然也成為集團的一大支柱，十分活躍。」

不幸的是後來她得了重病，在周遭的人都措手不及時便過世了。

「悲傷的婆婆呆坐在姊姊房間時，突然發現了……」

美穗子小姐不知道是講不下去還是為了效果而刻意拉長沉默的時間，我們忍不住齊聲開口：「發現了什麼呢？」

「發現了姊姊的日記本。裡面寫滿了被迫放棄夢想的恨意，聽說每篇的用字都很可怕。姊姊深信自己之所以會罹患重病是因為壓力太大、過度悲憤，換句話說她認為自己是被家庭，被母親給害死的……」

脾氣不好的老太太看完日記，當場大發雷霆，她將女兒的遺物都倒到庭院裡放火燒掉，搞得附近的鄰居還以為失火，打電話通知消防隊來滅火，而這一切都是七枝過世當天發生的事情。

「一般人會這麼激烈嗎？」

「她做什麼事情都很誇張吶。」立花老師和青木先生一臉嫌惡地說。

「但是我婆婆事後也覺得不應該做到這個地步，畢竟那是姊姊的日記，沒有人有權利干涉她寫什麼。也為了把還沒火化的故人遺物拿到庭院放火燒掉一事感到自責。」

「這是當然的啊。」

「僅存的一點遺物，婆婆全部收到一個箱子裡。」

說到這裡，美穗子小姐突然皺起眉頭，哭訴道：「一切都是我不好。」

青木先生戳了戳我的手臂，在我耳邊悄悄說：「這個人看來也很棘手啊。」

「我擅自以為那是姊姊有特別回憶的遺物，便將它們一起放進棺材裡。」

自老太太手中逃過一劫的少數遺物又在弟妹的好心之下與故人一同化為灰燼。

「妳做了件好事啊，不是嗎？」

「不，不，一切都是我不好。」含淚的美穗子小姐搖頭。

「對婆婆而言，那是親生女兒的重要遺物，本來想放在身邊一輩子。」

「明明自己燒掉一大堆。」

「不，這一切都是我不好。」

美穗子小姐優雅地用手帕擦拭眼頭，空氣中飄起一股薰衣草的香味。

「我婆婆因此茫然若失，一蹶不振。楠本集團少了姊姊的領導，婆婆又病倒，整個陷入經營危機……」

平常飾演乖乖牌的總經理發揮出乎意料的能力，公司經營比以前更加順遂。身為總經理夫人的美穗子小姐這個時候才第一次露出些許驕傲的神情。

另一方面，老太太開始不斷寫信給女兒，還跑到墓地附近的郵筒去投遞，信封上寫著「收件地址：天國　楠本七枝小姐　親啟」

這些信當然不會寄到故人手上，全部都因為查無地址被退件。大家只敢在遠處偷偷觀察不斷做些奇怪舉動的老太太而擔心著。

「我婆婆好像是那個時候走著走著就來到這裡，她自己也不記得是怎麼走的，但是又每次都能走到……」

「啊！我想起來了。第一次老太太是自己一個人走上來的，現在竟然擺架子要您推輪椅送她來。」

美穗子小姐疲倦地笑了笑。

「我婆婆在這裡好像也寄了很多封信。」

「嗯，她一開始只有拿信來，所以我建議她辦功德存摺。」

青木先生像是突然想起來，把手上那本經不可思議的補摺機刷過的存摺還給美穗子小姐。我和立花老師好奇地想偷看一下內容，美穗子小姐卻一把將玉枝老太太的存摺收到包包裡了。

「可以來這裡寄信給姊姊，真的拯救了我婆婆的心靈。」

「我是看不出來有被拯救的樣子。」青木先生潑了美穗子小姐一桶冷水。

「我婆婆好像在信裡請求姊姊寄還我放進棺材裡的遺物。據說是很低姿態，很客氣地拜託姊姊喔，結果有一天姊姊來託夢……」

凌晨時分，三坪大的簡樸和式房間電話響起。被電話聲吵醒的老太太發現自己睡在女兒七枝的房間，覺得很訝異，但是電話一聲接著一聲，老太太還是先接起電話，拿起話筒的同時，傳來無法忘懷的急促聲音。

「喂喂，媽媽，妳說妳想要那個箱子？」

那是已經過世的長女聲音。雖然在外面一副很有禮貌的樣子，對家人卻一點耐心也沒有。

老太太只發得出「啊啊啊」和「喔喔喔」的聲音，不斷不斷地點頭。

「可以啊，反正我在這裡也用不到，那我晚點寄囉。好，那我掛電話了。」

鏘。嘟——嘟——嘟——。

正當老太太想著女兒房間裡應該沒有電話啊，真是太奇怪了的時候便醒了過來，回到自己宛如維多利亞王朝混搭紅髮安妮風格的房間，心臟還砰砰砰地跳個不停。

「啊啊，原來是因為這樣，才會說有來自陰間的包裹。」青木先生一邊擦眼鏡，一邊皺起眉頭。「因為對方託夢，就相信是真的，也未免太搞不清楚狀況了。死者怎麼可能從陰間寄來包裹呢？不懂的人就是這樣才令人頭大，真是個笨老太婆。」

「你怎麼可以這樣批評客人！」

立花老師大吼，美穗子小姐縮起身子。

「婆婆每次看到我就嘆氣，我也很過意不去。因為我和姊姊完全不同，遲鈍、愚笨又什麼都不會，根本不能被拿來跟姊姊比，婆婆對我非常失望，我都明白。這一切都是因為我不好，什麼都不會，只會幫倒忙，竟然把重要的遺物放進棺材裡。」

「不是妳的錯。」我稍微加大聲量，打斷一頭鑽進牛角尖的美穗子小姐。

「咦？」

「妳沒有做錯。」

「不是我不好嗎？」

「對。」

「不是我不好。」

美穗子小姐複誦兩遍之後，老太太從雙拉門的門扇後方出現。

「你們剛剛說是誰不好啊？」

挺直背脊的老太太坐在擦得啵亮的輪椅上，就像坐在行動寶座上。

＊

楠本老太太一行人離開沒多久，一位身著早禮服(morning coat)和條紋褲的盛裝紳士抱著一大疊明信片走了進來。這位伯伯雖然滿頭白髮，卻像個青少年躁動個不停。

當時我為了尋找木牘而爬上A字梯，探頭調查天花板上方，只得慌慌張張地爬下來，偏偏頭髮纏住開關日光燈的繩子，整個失去平衡差點跌下來，好不容易穩住、平安著地時，禮服伯伯為我熱烈鼓掌。

「來，這個送你們。」

伯伯推倒郵政櫃檯上一整排貴賓狗毛線娃娃，放上一個寫著「中元賀禮」的盒子。（譯註：日本人習慣在中元節與年底送禮以示感謝，類似台灣人的三節禮物）

「這是咖啡歐蕾禮盒組，大家一起喝吧。」

禮服伯伯以他圓滾滾的短手指把貴賓狗娃娃排好之後，滿意地點點頭。

「然後這些郵件要麻煩你們。」

咖啡歐蕾禮盒上放了一疊明信片小山。

「交給我們處理。」

「那就麻煩你們了。」

禮服伯伯濃眉之下的細長雙眼盯著我看了一眼，便快速地走出郵局，出門後不是走下狗山的斜坡，而是後院的花田。

（原來那個伯伯也已經死啦。）

拂過我心中的風吹響了郵局的風鈴。

禮服伯伯就算排進前往地獄極樂門的隊伍，還是一樣靜不下來。看到他拿出懷錶，我還以為他很在意時間，他突然做起深蹲，讓周圍的人尷尬不已，接著又叫赤井局長拿菸灰缸來，點起巨大的雪茄抽了起來。

依照青木先生的指示，我得先解決禮服伯伯的案件，於是忙著在「本年度盂蘭盆節通知」的明信片上貼郵票。

「此刻，敝人已離世。感謝各位生前的厚愛，祝福各位長命百歲的同時，敝人早一步前往陰間，今後中元節、秋分和春分，也懇請各位多多照顧。（譯註：日本人認爲死者會在中元節回到陽間，秋分與春分則是日本人掃墓的日子）今後尚盼各位如同往常與遺族聯絡感情。」

這是如同小山般的明信片上寫的內容。

「真的會寄到嗎？」就像老太太的夢境一樣，禮服伯伯也會在大家的夢中朗讀這份硬梆梆的告別文嗎？

青木先生舉起其中一張明信片，拿在眼睛旁邊搧啊搧地，「人類真的是到死都這麼麻煩。」青木先生像是在催我快望向窗外的隊伍，我的視線也隨之移動。

排隊前往地獄極樂門的每個人看起來都很健康，如果大家換上運動服又別上號碼牌，我大概會以為這裡是馬拉松比賽的起點。尤其是禮服伯伯精神飽滿，現在又自顧自地做起健康體操。

「大家都是已經過世的人嗎？看起來一點也不像。」

「一般死了以後會變得像那樣健康、有精神。無論是疾病還是傷口全都會痊癒，煩惱也都消失殆盡。如果死後痛苦、煩惱和怨恨還不能消失的話，就會變成怨靈，沒辦法穿過地獄極樂門——妳不是也見過嗎？前一陣子來郵局的那個燒焦濃妝女。」青木先生說的是之前被趕走的那名女子。

「你是說島岡真理子小姐嗎？她是怨靈？」

「算吧。看她那個樣子，想必是遇上很多事。因為那些事情，讓那孩子半生不死，死也死不透，簡直是活著的死屍。妳聽好了，這種情況是最糟糕的，妳自己小心點，要是被她附身，不到她高興是不會離開的，就跟恐怖電影裡常看到的那種情節一樣。」青木先生裝得一副很害怕，還全身顫抖的模樣。但是要我小心，我也不知道要從何小心起。

（那些人和真理子小姐到底哪裡不一樣？）

我的視線又回到窗外。穿著正式服裝的人群向在地獄極樂門旁邊抽菸的赤井局長致意後，緩緩消失在花田當中。

「沒問題，會寄到的。」

青木先生像是回想起來似地看了一下明信片，就放回來。

「人類真的是到死都很麻煩啊。」青木先生複誦這句話之後，從辦公桌的抽屜裡拿出無尾熊巧克力餅乾，吃了起來。

＊

那天是颱風橫掃太平洋之後的早晨。

登天郵局一如字面上所示，吵吵鬧鬧得如颱風過境，因為局裡的東西不見了。

所謂不見的東西有空白的功德存摺、出勤表、好幾樣文具、大廳裡的漫畫、美穗子小姐送的貴賓狗毛線娃娃、不知道要捐給誰的募款箱、青木先生常用的桌上型電風扇、抽屜裡的零食和赤井局長喜歡的信樂燒花瓶——這些失物彼此之間一點關係也沒有。

「遭小偷了！糟了！」最慌張的是登天先生，因為他用來工作的鼎也不見了。

「昨天最後一個回家的人是誰？該不會是忘記鎖緊門窗了吧？你們這些傢伙實在太散漫，缺乏專業人士應該具備的敬業態度！」青木先生銳利的眼神瞪視大家，局裡的氣氛變得更加險惡。

我探出身子，拿起青木先生桌上的咖啡歐蕾三合一包，倒入馬克杯後沖入熱水。

「啊啊啊，小偷，這一切都是妳做的吧。」

「這不是客人說要送給大家的嗎？」

「妳從一開始就很奇怪，老是偷偷摸摸地到處翻找東西。」青木先生大概忘了我的任務是尋找木牘，將懷疑的視線轉移到我身上。負責「尋找失物」的我毫不在意，開始尋找真正的犯人。

「嗯……」環視郵局內部，的確可以發現入侵者的足跡。對方並不是小心翼翼地入侵，躡手躡腳地偷竊，感覺起來是翻箱倒櫃，拿走觸手可及的東西。我緩緩地繞行郵局一圈，快要爆炸的青木先生也毫不退讓地跟著，不過我還是保持冷靜，走向花田。

「喂！妳該不會想逃走吧？」

「噓！」我指向赤井局長經常耕種的花田，地面上有個左右搖晃的小小足跡一直延伸，盡頭是赤井局長自行搭蓋的西式涼亭。

我從來沒看過赤井局長做過任何像是局長會做的工作，但是他的園藝和木工技藝可說是專家等級，這八角形的牆面和素燒的瓦片所搭建而成的建築物，簡直就像工藝品般完美。

就連前往涼亭的彎曲小徑旁邊也種滿紫色的小花，像是鑲了一圈裝飾。我蹲下來仔細觀察地面，走沒幾步之後又再蹲下，青木先生忍不住又要開口抱怨時，我撿起無尾熊巧克力餅乾的空盒湊到他眼前。

「這不是我的嗎？」

「看來敵人很貪吃。」

我無聲地說明，悄悄地靠近涼亭。粉紅色蔓性玫瑰攀爬的涼亭，如同早期少女漫畫中會出現的耽美建築，我們在涼亭中優雅的長椅上發現犯人。

犯人看起來是還沒上小學的小男孩，穿著印有卡通人物的睡衣，打著赤腳。握著油性筆在功德存摺上亂畫的纖細手臂上紮著點滴的針管，頭上還戴著小帽子似的氧氣罩。

登天先生的鼎裡是排成圓形的貴賓狗毛線娃娃。青木先生泫然欲泣地說：「你們被丟在這種地方！」一邊把毛線娃娃一個接著一個抱起來。

「弟弟，你已經死了吧？」我憤怒地問。

「對啊。」

「隨便拿別人的東西，真是個壞孩子。」

「我才不是壞孩子，只是在學哥哥而已，所以是可憐的孩子喔。」

「哦，是喔。」

雖然我不太懂他的意思，看起來應該是有些緣故。我裝作一副很瞭的樣子，一邊拉過掉在旁邊的橘子箱，收集散落四處的贓物。

「局裡沒有這個箱子，你是從哪裡拿來的呢？」

「我不知道，反正就是有。」

貼滿色紙和卡通貼紙的紙箱塞滿失物，看起來像個廉價的藏寶箱。想起小時候我也曾經有過這樣的箱子，不由得心生懷念。

「你叫什麼名字？」

「我叫步。」

「我是安倍梓，那位叔叔是青木先生。」

「我們的名字都有A呢。（譯註：步的日文發音是「AYUMU」，安倍梓的日文發音是「ABE AZUSA」，青木的日文發音是「AOKI」）」

小步笑了，我也回應他：「對啊。」將紙箱交給青木先生，自己背起身穿睡衣的小步。這個因病逝世的嬌小孩子非常輕盈，我的心不禁陣陣抽痛。

「步是走路的意思對吧，可是我活著的時候一次也沒有走過路，一次也沒有講過話，一次也沒有用嘴巴吃過東西……」

小步不斷數著自己「一次也沒有」的事情，我和青木先生愈聽心情愈沉重。

「媽媽每次喊我的時候，都會想到我連走都不會走，卻為我取了這個可憐的名字，向我道歉。雖然媽媽沒有說出口，可是我都知道喔。」

「是嗎？」我彷彿在寬闊的花田中，看到這孩子病懨懨躺在病床上的情景。

陪伴孩子的母親和帶著哥哥來探病的父親四目相對。雙親與哥哥都和平常一樣聊天，一邊凝視小步平靜的睡臉。雙親深愛著小步，同時也祈禱小步的死亡降臨。如果生命只有痛苦，還不如早點結束，靜靜地回到原本來的地方比較好，小步和家人都能因此得到救贖，雖然光是這麼想就已很令人難過。

和小步只差一歲的哥哥想要獨占雙親，討厭只會讓大家難過的弟弟。小步一點也不可愛，都是因為小步，大家才會每天都那麼痛苦。年幼的哥哥把家裡的東西藏起來，想讓父母感到困擾。但是父母無論如何也不會開口罵人，哥哥因此更加生氣。

為什麼我只是活著，卻讓大家這麼痛苦呢？打從出生以來一直昏迷的小步，在昏睡中不斷自問。

「這件睡衣是哥哥的舊衣服。本來只能穿醫院規定的睡衣，但是我快要死掉的時候，哥哥給了我這件舊衣服。想到哥哥也沒那麼討厭我，我很高興。」

小步的口氣真的很高興，我的淚水也因此決堤。

「不要說會讓人哭的話，你這個壞孩子。」

「對不起。」小步向我道歉後，又很開心地說：「被罵了。」

*

我們帶著身穿睡衣的小步回到郵局，發現玉枝老太太正等著我們。

可能因為今天和服的花樣比較柔和吧，老太太看起來比起平日溫柔不少，可惜這也只是瞬間的錯覺，老太太一看到我和青木先生回來，馬上又恢復平日的砲火。今天老太太還是一樣坐在輪椅上，兩旁分別是身著深藍色西裝的司機和媳婦美穗子小姐，散發出一種一觸即發的緊張氣氛。

「你們居然隨便到小偷都能跑進來，這裡的警備到底是有沒有用啊？小偷在哪裡！」

「小偷在這裡。」我把背上瘦小的孩子給老太太看。

「哎呀。」老太太看到小步脆弱的模樣一時間愣住了，但是她的視線馬上轉移到青木先生手上的紙箱。「這個箱子……」

「您說這個裝橘子的紙箱嗎？」青木先生戰戰兢兢地開口。

「這是我們家七枝的箱子啊。」

「令嬡以前用過這個箱子嗎？」

那是過世的七枝小姐小時候當作玩具箱的箱子。箱子上頭貼著七枝小姐喜歡的貼紙和日式色紙，但畢竟是出自小孩子之手，當然貼得不是很精緻。加上原本就是個破紙箱，看上去一股窮酸氣，老太太還曾經趁七枝小姐不在家的時候偷偷丟掉一次，但是箱子不知何時又回到七枝小姐的房間。七枝小姐並沒有與母親吵架，卻近半年不跟她說話。從那之後一直到過世的數十年間，七枝小姐都非常寶貝那個箱子。

「為什麼這個箱子會……等一下，啊，糟了！」

老太太粗暴地拋下輪椅，拖著關節炎的雙腿衝過來。青木先生看到老太太可怕的模樣，嚇得尖叫後退。

「這個、就是這箱子啊，是從哪裡、找來？」

「這是收納姊姊僅存遺物的箱子，請問各位是在哪裡找到的呢？」

媳婦美穗子小姐代替激動到只能說出隻字片語的老太太說明。喪禮上，美穗子小姐將這個箱子一起摺好放進棺材裡。

「這麼說來，這個箱子曾經送到陰間去了？」青木先生驚訝地說，一邊拉過桌上黑色封面的檔案夾，上頭是手寫的「奇蹟簿」。

「這種例子還是第一次發生。」青木先生不時抬起頭來看向紙箱，一邊在「奇蹟簿」上記錄著。一度化為灰燼的陪葬品居然再次出現在眾人面前，老太太感激到說不出話來。登天先生在遠處緊張地踱步，很想確認一起被偷走的鼎是否安然無恙。大概是因為老太太的模樣過於恐怖，讓他不敢靠近吧。

「裡面，原本裝在裡面的東西呢？」

老太太突然恢復神智，大聲喊叫。她說的是和過世的女兒一同火葬的遺物。

大家的視線都集中在吊著點滴的小男孩身上，但是當事人卻一臉不明所以的表情。「我不知道喔，就只有那個髒髒的箱子一開始就掉在那裡。」

「你這個沒禮貌的小孩，居然說髒髒的箱子！這可是我女兒的寶貝啊！」

老太太忽略自己也曾把那箱子丟掉的事實怒罵小步，但是她的怒意卻在枴杖舉到頭頂之時突然停止，我好像看到老太太全身散發的怒氣和活力突然咻咻咻地消去。

「小弟弟，你該不會已經過世了吧？」

老太太的聲音溫柔得像是變了一個人，大家聽了反而非常害怕，只有小步一個人露出笑容。

「對啊。我其實會講話、會走路，也會用嘴巴吃東西，可是生前我什麼都做不到，讓大家很困擾。不過我現在很健康喔，所以應該沒有婆婆你說的那麼壞。」

「你真是個口齒伶俐的孩子啊，比我家媳婦聰明多了。」老太太大概馬上就理解小步短暫的一生，立刻露出和藹可親的表情，丟下枴杖朝小步走近。

「小朋友，這副打扮上天國可不行，婆婆帶你去買衣服，跟我來。」

老太太一說完就牽著還吊著點滴和戴氧氣罩的小孩，走出郵局。老太太不顧登天郵局所有的員工為她要帶已死的人下山而慌亂不已，逕自帶著那孩子走了。

兩人回到郵局已經是中午過後，小步穿著如貴族般打扮的衣服，笑容滿面。

「婆婆請我吃連哥哥都沒有吃過的好吃東西喔。」老太太還送了一個小步生前背不到的書包給他，看起來就像要去參加小學入學典禮。

「那麼我們來拍紀念照吧。」

老太太話還沒說完就被赤井局長阻止了。

「太太，在這裡拍的照片都會變成靈異照片。」赤井局長說的是事實。

「你們這些人怎麼這麼不通人情！」老太太又要像往常一樣大發雷霆時，突然改變心意地閉上嘴巴。但是我在之前就已拍了照片，趕緊把手機塞到牛仔褲口袋裡。

「婆婆，謝謝您！」

小步行了一個與衣著打扮相符的大禮後，獨自跑向庭院的花海，他穿梭在排隊的大人之間，突然停下來大聲地說：「小梓姊姊掰掰！婆婆掰掰！」

聽到他的道別，我跟老太太不知是誰先伸出手，握住對方。

如同點描畫般模糊的景色當中，我看到打扮得像個小王子的小步恢復成原本帶有汗漬的睡衣模樣。

「哥哥掰掰！」結果小步還是穿著哥哥送他的卡通睡衣，消失在門的另一邊。放在辦公室的紙箱裡不知何時出現摺得整整齊齊的衣服，小步手臂上的點滴管和氧氣罩也一起放在衣服上。

「等我死的時候，把這些東西放在我的棺材裡。」老太太一邊說一邊拿起紙箱，不坐輪椅，自己走下坡道。正當我們同時鬆一口氣的時候，老太太又一如往常怒吼：「時間就是金錢！不要拖拖拉拉的！」

「是。」

身著深藍色西裝的司機輕聲地嘆息，美穗子小姐緊跟上老太太，並不斷回頭向我們道歉。

4 靈異景點和靈異現象

赤井局長在庭院工作時總是非常起勁，先是一口氣拔除雜草，堆在農用單輪手推車裡，接下來又像是身體裡裝了蒸汽機一樣，猛力將雜草推去倒進堆肥箱，我以為他的工作應該告一段落時，他又從其他堆肥箱中搬出熟成的堆肥，又一口氣將堆肥撒在植物的根部。他做的這些事雖是實踐慢活，但全身散發的熱氣簡直提升了全球的溫度。

我向這位像台蒸汽火車的赤井局長借來鏟子，環視廣闊的庭院。

「要找木牘，還是免不了得開挖吧。」

我為了尋找登天郵局與狗山比賣的契約書——也就是搞丟的木牘而走出郵局，通往冥界的花田寬廣地令人忍不住要讚嘆，放眼望去，寬闊的土地淨是盛開的花朵，心情也不知不覺地隨之飛揚。微風帶來的花香從腳下飄到頭頂，大方地散播香氣。

「那我也好好加油吧。」抑制不住興奮的我甚至一邊開挖一邊哼起歌來。我挖掘的地點是花田旁邊看上去像古蹟的土丘。一旁精氣十足地猛拔雜草的赤井局長看到我開始找東西，也衝過來一起挖土。土丘明明很堅硬，赤井局長卻輕鬆地像在挖布丁。正當我感動於赤井局長的勇猛英姿時，青木先生也以不輸給赤井局長的威武氣勢衝了過來，我還以為青木先生要來幫忙，他卻頭冒青筋地尖聲大喊：「你們在做什麼！」

「我們沒幹嘛啊。」

「我們在找東西啊。」

聽到我和赤井局長一同開口回應，青木先生蒼白的臉蛋變得更加蒼白，他怒吼道：「你們以為這裡是哪裡？這裡是神社的基座啊！」

青木先生想從我手上奪走鏟子，赤井局長卻從後面輕易地架住青木先生，說：「青木，在意這種事情就什麼也沒辦法做了。」

「可是、可是，要是破壞神社遺跡，觸怒了山神，被詛咒的話怎麼辦啊！」

「啊！」我後退的時候一個不小心，掉進赤井局長挖的洞裡。

「要說神社，我們早就已經破壞殆盡了，與其在意這種事，不如趕快找到誓狀，以免發生更多糾紛，總之我們就相信小梓的才能吧。」

我雖然完全聽不懂局長說的話，不過事情好像還滿嚴重的。我也沒有堅持一定要挖土丘，對我而言，激怒青木先生更可怕。當我表示想找其他地方而要爬出洞的時候，頭部卻被局長輕輕一壓，又掉回洞裡。

「不需要在意青木說的話。」赤井局長的笑臉下方是被扭成不自然狀態，發出痛苦哀號的青木先生。看到單手就能輕鬆制伏青木先生的局長，我害怕地趕緊繼續挖洞。

「局長啊，」青木先生一邊將脖子轉回原狀一邊走回郵局，我對著赤井局長的背影開口。「之前局長在休息站的廢墟時不是說過附近有更厲害的靈異景點，指的該不會就是登天郵局吧？」局長超乎常人的臂力雖然嚇了我一跳，不過和溫和的局長在一起，心情自然就會感到放鬆，說話的語氣也總是像和朋友聊天一樣。

「嗯，對啊。」赤井局長點點頭。

「但是試膽的人都不會來這裡，為什麼這裡都不會變得更有名，吸引媒體上門呢？可以通往陰間不是很了不得嗎？」

「對啊，妳也這麼覺得吧。」我根本沒有誇獎的意思，赤井局長卻開心到笑容滿面，原本就紅通通的圓臉變得更紅了。

「我覺得很奇怪……」我的進度連赤井局長的十分之一都不到，早早就因為勞動而累癱，只剩一張嘴巴動個不停。

「這裡是故人的轉運站，但也不是專屬死者的地方，比方說玉枝老太太或是立花老師這些活跳跳的人也常常來這裡寄信和刷功德存摺不是嗎？我想偶爾應該會有人誤闖才是，而且後山還有靈異景點狗山休息站，狗山以前又是遠足的熱門路線。」

「嗯，是啊。」

「可是大家完全不知道登天郵局的存在吔。」

博物館的領結阿伯也斬釘截鐵地表示「沒有什麼登天郵局。」明明登天郵局的位置如此明顯，卻只有特定的人才知道，實在很奇怪。

「不會有人發現這裡的，因為這裡是真正的靈異景點。」赤井局長淡淡地回答。

「登天郵局會挑選真正需要這裡的人，只有被選上的人才能來這裡。」

「登天郵局會挑選人？」

「就像放在鼎裡燒掉的郵件會寄到收件人的手中，需要登天郵局的人也會因為誠心相信這郵局的存在而來到這裡。過世的人也是一樣喔，只有可以通過地獄極樂門的人才能夠直接來到這裡。」

反之，不需要登天郵局的人絕對不會意識到這裡。它明明確實存在，但是不需要它的人，無論生死都「看得到卻又看不見」，也絕對不會想來這裡。

「無論是活著的人還是死掉的人，對登天郵局沒興趣就不會來，不過偶爾也會出現死後無法成佛的人誤闖這裡。」

「就像真理子小姐一樣嗎？」

「嗯，她確實是如此，且不愧是幽靈，比生者更知道怎麼找到這裡。」

比起生者，幽靈更容易來到登天郵局，所以才說它是真正的靈異景點。一想到這裡，果然還是覺得好可怕。

赤井局長似乎是發現我的心思，停下手上的工作，回頭看我：「妳不要想太多，生活當中本來就有許多明明存在卻看不到或是感覺不到的事物啊。」

譬如說平常經過的道路旁有房子遭到拆除，卻怎麼也想不起來那原本是什麼樣的建築；四葉草是代表幸運的護身符，但是不真的仔細尋找是找不到的。

「人生也是一樣。人會去想去的地方，成為自己想變成的模樣，只要抱持目標，盡可能努力去實現，相信總有一天會成功。如果只是口頭上說說，就不是夢想，只是吹噓。」

「是……」總覺得赤井局長是在用人生道理來唬弄我。

「不過小梓的狀況是我們需要妳，所以才請妳來。」

赤井局長圓滾滾的眼睛炯炯有神，他開始動手摘著土丘旁邊盛開的藍色矢車菊。他一開始就不知道要停，等到數量多到兩隻粗壯的手臂都抱不住時才說「那我去插在小梓的桌上」，像個高原上的少女開心地跳回郵局去。

我正想和局長一起回去休息的時候，突然停下腳步。和地獄極樂門不同方向的堆肥箱附近，有個熟悉的人影徘徊。對方個子高卻無精打采，肩膀下垂，年約五十歲——而且還全身光溜溜的。

「關山先生？」

我嚇得手上的鏟子都掉落了，遠方光溜溜的男子也朝我這邊看，他確實是滿月食堂的客人關山先生。

（關山先生死了嗎？）

會來到地獄的入口，只有這個可能。

（但是為什麼會全身光溜溜的呢？）

正當我啞口無言時，光溜溜的關山先生像是忘記羞恥為何物地大鬧，身影也逐漸消失。

（這是怎麼一回事？）

全裸的關山先生最後消失不見了。

看到奇怪光景的噁心感覺一直留在胸口，但不可思議的是我卻一點也不擔心關山先生的情況。我忘記本來想休息的念頭，嗯嗯地呻吟，重複兩三次之後，我又低頭回到緩慢的挖土作業。這非常像我會做的事——當我集中精神工作，其他事情自然會從腦海中消失。

不知道挖了多久，堅硬的土塊突然有一處發出反射的光芒，我當下馬上有股預感。

（挖到值錢的東西！）

這到底是什麼呢？找到東西時那股獨特、甜美又讓人心癢癢的興奮感湧上心頭。我從堅硬的土塊當中，挖出了三公分大小的方形金印，模樣很像在日本史課本上看到的「漢委奴國王印」。

（這可是寶物啊！）

我興奮地衝回登天郵局的辦公室。赤井局長在我桌上放滿花朵，搞得好像在悼念故人，他一看到我拿給他的印章便猛然從抽屜拿出印泥。

狗山比賣命

「挖到寶了！這是以前在這裡的神明的印章吧！」

我興奮地對著赤井局長和青木先生手舞足蹈，這股騷動連原本在室外烤篝火的登天先生也跑了過來。

「狗山比賣命！」

除了興奮不已的我之外，登天郵局的成員各個緊繃著臉，面面相覷。

＊

三名職員一看到金印，馬上就像洩了氣的氣球般無精打采。

赤井局長把剩下的矢車菊放在自己的桌上後，難得地一直坐在桌子前面，紅通通的大臉面無表情，直到下班時間都不發一語。

青木先生慌慌張張衝進廁所，不待上三十分鐘不會出來，一直到下班前都不停重覆相同的行為，整個人變得很憔悴。

不過最可憐的還是登天先生，代替化為廢人的赤井局長和青木先生做他不熟悉的工作，結果沒有一件順利完成，一下子不知道如何使用神奇的補摺機而遭到顧客怒罵，一下子收拾赤井局長丟在外面的園藝工具而傷到腰，整個人變得沮喪，最後他只得對著狗山比賣命的金印開始祈禱——正確來説是道歉。

「對不起，對不起……」

看來登天郵局和神社之間的土地糾紛比我想像來得還嚴重。

儘管如此，我挖到寶物的興奮依舊不減，因害怕登天郵局而感到憂鬱彷彿是好幾年前的往事。

「真是充實的一天吶。」

邁入下班的塞車時段，我騎上和其他車子相反方向的路，迎向夕陽，踏上歸途。果然尋找失物是項了不起的技能，我甚至開始思索能不能利用這項能力來賺錢。

欣賞夕陽的歸途上，心靈不僅充實，還感到詩情畫意。綠色平原的前方是暖色系的漸層，我陶醉地欣賞眼前的景色，但是眼角的餘光卻發現腳踏車的老舊後照鏡裡冷不防出現一張臉。

波浪狀的頭髮只有一邊因為燒焦而鬈縮，妝容底下是永遠失去血色的肌膚。

（啊啊啊啊……）

（怨靈真理子小姐？）

她深紅色的嘴巴一張一闔時，青木先生說的話也浮現腦海。

「死也死不透，簡直是活著的死屍。妳聽好了，這種情況是最糟糕的，妳自己小心點，要是被她附身，不到她高興是不會離開的，就跟恐怖電影裡常看到的那種情節一樣。」

「哇！」我失去平衡，連同腳踏車一起從狹窄的路肩摔落田埂。就在此時，急轉方向盤的休旅車在我原本的車道上大幅蛇行離去。我的心臟砰砰砰地跳個不停，如果我沒有掉下田埂的話，現在已經被輾過去。全身沾滿泥土的我茫然地起身，回頭一看，後照鏡中半燒焦的人影早已消失。

＊

那天晚上不知為何，我不斷哼唱從未聽過的歌曲。

搭上可樂娜II，
出門去買東西，
發現沒帶錢包，
乾脆兜風去。

旋律簡單的歌曲從我掉下田埂之後就一直在腦中盤旋不去。如果是知道的曲子副歌不斷重複也就算了，但我竟然唱得出整首完全陌生的曲子，這該怎麼解釋呢？

「拉上卡挪那，粗門器買東西」

就連刷牙的時候，我都還下意識地唱個不停。

（難道！）

摔落田埂之前出現在後照鏡的燒焦人影——島岡真理子從我腦中閃過，這首歌跟看到她有什麼關係嗎？窗外吹來的暖風突然下降了好幾度，口中的泡沫也瞬間膨脹了起來，我趕緊吐掉。一邊吐泡泡一邊抬起眼睛，發現鏡子裡出現身著獅子圖案古代舞衣的少女，我嚇得往後彈開。

「搭上可樂娜II，哪裡都想去，一直開下去。」

軟弱無力地唱著歌的我，身旁當然沒有身著古代舞衣的少女，鏡子裡只有繃著一張臉的自己。

可是她真的不在嗎？

＊

聽說關山太太來到獨自赴任外地的關山先生住處，兩人昨天利用假日去附近的溫泉時出了意外。關山先生在沖澡的地方跌倒而失去意識，還被救護車緊急送去醫院。

「事情告一段落之後，太太來我們店裡吃晚餐。兩人可能進入倦怠期了吧，太太跟我抱怨了好多事情。」

我一走進滿月食堂，艾莉就告訴我這件事，讓我大吃一驚。看來我在登天郵局的花田看到關山先生時，他正處於危急的狀態。

「艾莉家的小妹妹，妳那個可怕的打工後來怎樣了？」

村下先生一如往常，送飲料來滿月食堂就順便待下來了。

「呃，我的事不重要，話說關山先生沒事吧？」

「聽說他是腦震盪，大概是因為太太來太興奮吧。」

關山先生從大白天就開始喝酒，去泡溫泉才會一時頭暈，踩到桶子跌倒。據說會失去意識不是因為撞到頭，而是因為喝太多酒。

「但是太太說的話很有意思喔。」

關山先生說他恢復意識之前，一直待在樂園裡，他在一望無際的花海之中，體驗從未感受過的幸福。究竟是什麼樣的幸福，他也無法說明，總而言之就是美到無法以言語或圖畫說明的地方。

花園的盡頭有個更美好的地方，許多人都排著隊要去那裡。關山先生也想一起排隊，卻怎麼也無法走進隊伍。因為大家都打扮得很時髦，只有他一個人光溜溜的。

「關山先生說了件很奇怪的事，他說在那裡看到妳在種田。」

（果然！）

我冒起冷汗。

關山先生體驗了真正的瀕死經驗，他的靈魂離開肉體，闖入登天郵局的後院。我在寬闊花田看到的幻影一定是關山先生出竅的靈魂。

「那不就是通往天國的花田嗎？妳打工的地方不就是那裡？」

村下先生的玩笑一針見血。

「搭上可樂娜II，哪裡都想去，一直開下去。」

我無意打混過去，不過還是小聲唱起那首歌。

村下先生說了句「好懷念」，和艾莉一起熱烈地討論。

「〈搭上可樂娜II〉嗎？流行的時候我正好念小學高年級。」
「那時候我已經二十六了，女兒在上托兒所。」
「村下先生該不會是小澤健二的歌迷吧？」
「不不不，我那時候只喜歡THE虎龍舞的〈Road〉。」
（那時候我連幼稚園都還沒上呢。）
那麼小的我不可能記住當時的流行歌曲。儘管如此，我還是下意識地繼續哼著。

＊

那天愈晚身體愈感到沉重，格外提不起精神，就連動一根手指都覺得累。
（中暑了嗎？）
我從小就喜歡炎熱勝於寒冷，從來不知道什麼叫做中暑。聽到「寒風料峭」或「暴風雪」等字眼就心情惡劣，相反地聽到「溽暑」、「日頭當照」

就精神抖擻；躲在暖桌裡吃橘子時往往面無表情，在沒有空調的房間裡吃西瓜會笑容燦爛，每到一個地方就關掉冷氣，惹大家討厭。

這樣的我竟然會中暑，自己也感到驚訝。

「既然天氣這麼熱，喝啤酒應該就會好吧。」

但是偏偏這種時候就會發現冰箱空空如也，於是我拖著沉重的身體，前往公園入口的便利商店。我在收銀機前掏遍口袋都找不到錢包，面對勉強露出職業笑容的店員，慌張的我在眼角突然看到一隻雪白的手伸過來。

「如果不介意的話……」耳邊傳來非常客氣的聲音，纖薄的手掌上有一枚五百圓硬幣。我心中湧起一股不好的預感，一回頭就看到認識的人，她身穿半燒焦的短洋裝，腳上是粉紅色的拖鞋式涼鞋，如同女演員般端正的臉龐化著濃妝——正是真理子小姐。

「哇！」我一把將啤酒丟在結帳櫃檯上，逃出便利商店。

「等一下。」

（誰要等啊！）

遭人追逐的情況下居然逃進無人的黑暗公園，我自己也覺得不妙，但是在逃離幽靈的時候若還記得要等紅綠燈或是走天橋也太奇怪，雖然逃離幽靈這件事情本身就已經很奇怪了。

（怨靈……）

青木先生告訴我島岡真理子是怨靈。到目前為止，我一共遇過四次，每次都是她來找我。次數變多當然很可怕，更可怕的是她和我的距離愈來愈近。一開始怨靈真理子小姐的目標似乎是登天郵局，但是昨天她幫助我躲過粗心的駕駛，今天又要借我錢。

「要是被她附身，不到她高興是不會離開的。」青木先生的話又在我腦中響起。

（為什麼？）

一定是因為我是登天郵局的阿基里斯腱。

真理子小姐已經死了，她想穿過地獄極樂門去陰間吧，可是她死卻死不全，像個活著的死屍，所以無法前往陰間。左思右想之後，她找上的對象卻是我這個實際上一點用處也沒有的計時員工。

我跑到喘得再也跑不動，在公園正中央的廣場停下腳步。柳樹下的夜燈和自動販賣機的燈光照亮四周，並排的盪鞦韆和溜滑梯的底部延伸出細長扭曲的影子。

搭上可樂娜II，
出門去買東西，
發現沒帶錢包，
乾脆兜風去。

架在桿子上的擴音器以巨大的音量播放這首歌。原本氣喘吁吁的我聽到這首歌嚇得放聲尖叫跳起來，無聲接近我背後的那個人不知為何也跟著一起跳。

「妳到底想做什麼！」我反射性地怒吼。如同我預料，從背後悄悄接近的人正是怨靈真理子小姐。我因為過度緊張，開始亂發射怒氣。

「妳恨我嗎？為什麼要纏著我？」

「對不起……」真理子小姐悲傷地垂下頭，抬起眼睛看我。

「這個給妳。」她一邊說一邊拿出一罐果汁。

我把雙手藏在背後拒絕收下，半燒焦的真理子小姐低聲呢喃：「我跟我男朋友都很喜歡這個果汁，很好喝，對身體又好。」

連怨靈都擔心我的身體健康，這下子還得了。正當我的脾氣又要發作的時候，突然出現另一個活力十足的聲音呼喊我的名字。

「小梓！」呼喚我的是滿月食堂的艾莉和她兒子將太。不知為何，經營酒行的村下先生也和她們在一起，三個人感情融洽的模樣，簡直就像和樂的家庭。

獲救的同時，又擔心把他們捲入可怕的靈異事件。我還躊躇不定的時候，和無精打采的怨靈完全相反的艾莉與將太一起衝向我背後。透過薄薄的棉襯衫，我感受到有點汗濕的胳膊毫不客氣地倒剪我雙臂將我固定。

「小梓，這個絕招怎麼樣啊？」開心的艾莉母子在我身上使出摔角的招數。

（啊，生者的氣息。）

光是如此就讓我感動不已，心情好像在寒冷的冬天泡進溫暖的溫泉裡。我會中暑也是因為被怨靈纏上的關係吧。

「啊，活著真好。」

「喂喂，妳怎麼啦？」艾莉看我的眼神好像看到幽靈一樣，這可不是開玩笑。

「年輕女生一個人跑到黑暗的公園裡，我身為親戚可不覺得是好事。」

怨靈真理子小姐現在也還是緊貼在我身邊，但是艾莉好像看不見她。

「妳東張西望在看什麼？」艾莉用雙手夾住我的臉轉動，將太和村下先生都覺得我的模樣很可笑而一起笑出聲來，他們果然也看不到半燒焦的怨靈。

「請問……」就算看不到怨靈，這種時候身邊有男性在總是令人安心，不過話說回來，村下先生為什麼會跟艾莉她們一起出現呢？

「沒有啦，我們剛好在托兒所遇到。」英俊的村下先生彆扭地找藉口解釋。

「村下先生的女兒年紀不是比我大嗎？」

「因為以前女兒就讀那邊的托兒所，他們一直到現在都還會跟我叫飲料，我去送貨的時候剛好遇到艾莉他們。」

將太說他們去壽司會繞圈圈的店吃晚飯，還稱讚晚飯很好吃以及村下先生很大方之後，將太跑向公園的遊戲器材。

「我想要盪鞦韆！」

「已經很暗了，很危險。」

「那我要玩攀爬架！」

「攀爬架更危險！」

我放鬆心情，凝視艾莉快步追上將太的背影。聽說村下先生因為和太太感情不好而分居，也許他正在為邁向下一段戀愛和下一段人生，一點一滴地努力也說不定。

「再見。」

一陣風吹過耳邊，傳來飄渺的聲音。等我發現時，真理子小姐的身影已經消失不見，取而代之的是我手中緊握的罐裝鮮榨蘋果汁。

*

我在黎明時分醒來。喝下已經變溫的蘋果汁，凝視手上的空罐。

（肚子好餓。）

一開始感到肚子餓，腦海中浮現的淨是食物。食物在腦子裡轉來轉去時，真理子的臉則趁隙出現。

（果然只有我看得見她。）

結果害我在便利商店丟臉。我從被窩裡爬出來，戴上和將太一起買的情侶棒球帽出門。夏天的南風和短腳鵯尖銳的叫聲緩緩滲入我還沒睡醒的腦袋。

「唉，算了。」雖然我自己也不知道什麼算了，總之還是這麼對自己說。

我去昨天晚上的那家便利商店，買了炸豬排、優格、茉莉花茶、機能性飲料、夏季沙拉和花生醬三明治。外面天氣很好，我不想馬上回家，於是我兩手抱著一大袋食物，走向公園。我跟昨天的將太一樣爬上攀爬架，嗑掉過量的早餐。吸收養分加上日光浴讓疲倦和不安都緩緩消失。遠處花壇裡的粉紅色大理花，像是點頭致意般搖曳。

（真理子小姐想對我說什麼呢？）

我回家之後上網搜尋，原來〈搭上可樂娜II〉是平成六年因為汽車廣告而大紅的歌曲，那款蘋果汁也是平成六年推出的商品。

＊

暑假的圖書館人滿為患，好險可以調閱報紙的位置附近還剩一些可以坐下的空間。

我把收錄舊報紙的厚重資料冊放在一臉聰明樣的女學生和看上去十分有

教養的中年婦女所坐的四人桌上。

習慣了網路的檢索功能，靠自己的雙眼查閱每一頁的資料真是麻煩。

（有種自己在時光中隨波逐流的感覺。）

那位喜愛過期的未來藍圖的博物館阿伯，瞬間又挺著肚子出現在我腦海。

「來吧！」多虧吃了早餐，我活力充沛地展開調查，發現我要的資料並沒有刊載在平成六年的報紙上，些許的挫折感在心中閃過。

（我在做什麼呢？）

忍不住偷看對面的女學生在幹嘛。

（她是在準備證照考試？還是在找工作？）

為了打起精神，我繼續調查隔年的資料。平成七年一月，沒有。二月，沒有。一直到八月，我在一篇短短的報導裡看到「島岡真理子」的名字。

三十一日中午時分，寶船市三郎町三丁目的公寓發生火災。起火地點的六樓一戶中發現一具女屍，死者是該住戶島岡眞理子（二十四），起火原因研判可能是用火不慎導致的意外。

報導旁邊刊載的照片裡是身穿高中制服，有些圓潤的真理子。過世的時候雖然已經二十四歲，不過當時可能沒有更好的照片了吧。

「那是騙人的，才不是意外或事故呢！」好像有人偷看了我手上的資料，耳邊也傳來細微的聲音。

原來是燒焦的真理子小姐正坐在我身邊，用悲傷的眼神瞟我。

「哇！」

我嚇得跳起來，不僅撞倒椅子，手上的厚重資料也隨之掉落，椅背落地發出巨大的聲響，資料冊砸到腳上則讓我痛得發出哀嚎。

「妳沒事吧？」

除了同坐一張桌子的兩位女性，連真理子小姐都來關心我。

我和幽靈真理子小姐一起坐在圖書館外的長椅上。要不是因為在登天郵局上班而習慣了幽靈，我大概早就嚇昏了。平常老是來跟人要飼料的鴿群今天也遠遠地觀望我們，坐在我旁邊的真理子小姐低聲哼唱著〈搭上可樂娜II〉。

「好久沒有這麼放鬆了。」嚇壞我和鴿群的真理子小姐說出這句話。我臭著一張臉吃爆米花。

「剛剛真的被妳嚇死了，妳好歹也用普通一點的方法出來啦。」真理子小姐從我手上的杯子拿出一顆爆米花，猶豫要不要吃。「抱歉給妳添麻煩了。」她悲傷地說完之後，抬起頭像是轉換了心情。

「那個啊，我是被殺的，妳不覺得很可憐嗎？」

「妳狠狠詛咒兇手了嗎？」

「但是我不知道兇手是誰呀。我是被對方從背後勒死的，所以沒看到是誰殺我的，可是不是只有我不知道喔，就連警察也完全找不到兇手。」

她得意的口氣聽起來很空虛。

「妳一點線索也沒有嗎？例如有誰恨妳之類的。」

「嗯……」燒焦的真理子小姐悲傷地按住眉頭呻吟，「是有恨我的人，那陣子還有人跟蹤我。」

「那兇手一定是那個人。」

「是嗎？」

「真理子小姐生前是做什麼工作呢？」

「陪酒小姐。」

「咦？」

真理子小姐生前在這個小鎮上的酒店工作，漂亮的臉蛋和看來不幸的瘦弱身體吸引了不少客人。

「其中一位客人是宇津見綜合醫院的院長喔，我也在宇津見院長的安排之下辭去酒店的工作，成為那家醫院的事務人員，他還租了間房子給我，給我薪水以外的特別獎金。」

「咦？那樣不太好吧？」

真理子小姐辭去酒店工作，成為醫生的情婦。她不僅是人家的小三，還進入對方的醫院工作。

「是有點糟……」

據說宇津見院長是想隨時看到真理子小姐，而把她叫進醫院。不知道他究竟是怕被情婦背叛、刻意藉由這種行為誇示身為醫院經營者的力量，或是單純想要給妻子難看呢？

「院長是入贅的，他將岳父開的內科診所經營成一間大型醫院。我的院長先生真的具備成為大老闆的能力喔，可是他太太老是強調都是因為入贅到宇津見家才當上院長，院長先生真的好可憐喔。」

老是想要貶低先生的妻子當然不允許小三的存在。就某方面而言，真理子小姐是被送到夫妻惡劣關係的戰場前線。從那之後，真理子小姐身邊開始發生可怕的事情。院長夫人不但動員醫院的員工霸凌真理子小姐，還打無聲電話和寄威脅信到她的住處，百般欺侮她。真理子小姐甚至還差點被沒開燈的車子給輾過。

「也太明顯了吧，兇手一定是院長夫人啊。」

「是嘛？院長夫人看起來好像很亂來，可是我想她是會守住最後底線的人。」

身為院長夫人會為了尊嚴而攻擊小三，但是不會做出殺人這種玉石俱焚的行為——這是真理子小姐的見解。

「還是受到妻子威脅的院長因為進退兩難……」

「院長不可能放棄我而選擇妻子，怎麼可能會殺我呢？」真理子小姐不開心地鼓起臉頰。

不了解男女情感的我正要反省自己說錯話的時候，真理子小姐已先心虛地轉移視線。

「我其實還有別的男朋友，是我當酒店小姐時交的，我們從認識宇津見院長之前就交往了。他經常來到我住的地方，要我跟院長分手，但是因為我總是拖拖拉拉的，惹得他不高興常常揍我……」

「那他就是犯人了，一定是他。」

真理子小姐搖頭嘆氣，削弱我拍膝蓋又探出身子的氣勢。雖然她應該沒有呼吸。

「而且啊，我那時候懷孕了。」

「咦？不會吧，是誰的小孩？男朋友的還是院長的？」

「都不是。」

「啊？」

「是我男朋友的朋友的。我常常找他商量院長、院長夫人和男朋友的事情，然後愈走愈近……」

「喂！妳這個人喔！」

「是啊，一切都是我不好，所以就算被殺，我也不會怨恨任何人，應該要趕快成佛才是。但是被人勒死、放火毀屍，連帶肚子裡的孩子也一起喪生，我覺得就此成佛實在有點不甘心……」

真理子小姐愈說愈小聲。儘管如此，看到感覺不錯的大學生或是上班族從眼前通過時還是不禁打量了起來。

「喂喂，妳看那個穿灰色西裝的人，還不錯吧？」

（這傢伙真是死性不改。）

我覺得自己腦中一片混亂，於是沉默地起身，決定去看個電影轉換一下心情再回家。正當我心想今天不要看恐怖片而邁出腳步時，突然有一隻冰冷的手抓住我的腳踝。

瘦骨嶙峋的手指纏在我腳上。真理子小姐不知何時趴在地上，露出可怕的表情仰望我。

（她為什麼老是突然變成怪物呢？）

模樣奇怪的真理子小姐弓起背，發出粗啞的聲音。她睜得老大的眼睛持續仰望我，勉強張大嘴巴開始嘔吐。

我用求救的眼神看向眼前經過的行人。大家就算看不到真理子小姐可怕的模樣，至少看得見害怕到快要昏倒的我吧？

（好歹來問我一聲小姐妳怎麼了吧？）

在我還不知是要對路人和全身扭曲的真理子小姐哭還是尖叫的時候，真理子小姐又恢復平常的樣子，迅速起身，嘴角掛著一串顏色可怕的念珠，剛剛可怕的行為似乎是為了吐出念珠。

「我被勒死的時候從對方身上扯下來的東西。」

「那是什麼？」

真理子小姐把那以各種強烈色彩的珠子所組成的念珠舉到我的面前，上面沾滿奇怪的黏液，看起來非常恐怖。

「那是誰的？」

我嚇到聲音變成假音，真理子小姐思索之後回答：「我想是兇手的……」

「總之我不管，妳去找別人啦。」

「我沒有其他人可以拜託。」

「呃……呃……」我抱頭煩惱。

「那妳再去找男朋友的朋友商量看看呢？」

「不行，畢竟他已經結婚也有小孩，我一開始就下定決心不能打擾他，這該怎麼說呢，算是女性的尊嚴吧？」

真理子小姐的雙手舉到胸前，歪著頭對我說：「ㄟ嘿？」

「就算妳不知道兇手是誰，對這串念珠真的一點印象也沒有嗎？這是兇手的吧？這麼短的話，應該不是項鍊，是手環吧？」

「我完全想不起來，妳可以幫我拿著嗎？老是吞下去又吐出來也很麻煩。」

「我才不要！」

我把殺人事件的證據推向被害人的胸前，用了兩包在居酒屋前面拿到的廣告面紙才將沾到唾液和胃液的手擦乾淨。

「我完全幫不上妳的忙喔。」

「可是我也沒有其他朋友……」真理子小姐轉身背對我。她的背影痙攣如海浪起伏，一看就知道是要把吐給我的黏呼呼念珠再吞回去。

「呃，妳沒事吧？」

「好難過……」

我們一起走回圖書館，重新開始翻閱平成七年的報紙。

看到公寓發生火災是真理子小姐自己引起的意外之後，隔了幾天又看到火災是因縱火與她是在失火之前遭到殺害的報導，但是關於此事的相關訊息也就到此為止。

＊

星期一下午，我和青木先生一起在登天郵局的休息室吃便當。午休時間青木先生總是用自己帶來的攜帶式瓦斯爐煮泡麵吃。不只是瓦斯爐，青木先生喜歡帶很多自家的東西來，而且不准其他人使用，如果開口向他借，他就會露出一種等待已久的開心神情說：「不行」或是「別鬧了」，所以我也都自己帶便當。

但是自己準備的便當，早就知道裡面放了什麼菜，一點樂趣也沒有，況且我又不擅於煮菜，可是這裡是山頂，沒辦法說「我去吃午餐，等一下就回來。」而外食。

「我是章魚哥，呵呵呵，你這隻小干貝看起來好美味，我要一口把你吃下去。」

「哇！住手！不要吃我！誰會被你抓住啊，看我使出干貝大跳躍！」

「別逃！等等我，我要伸長觸手把你逮捕。」

「喂！」

青木先生隔著一張矮桌瞪視我，他張著三白眼吃泡麵的樣子真的很像漫畫裡的小池先生。

「妳從剛剛就一直吱吱喳喳在說些什麼？」

「我在配音。」我一邊咀嚼，一邊用筷子指向電視機。

無論怎麼調整都無法接收數位電視訊號的映像管電視機裡播放著扇貝遭到天敵章魚襲擊的影像。有柔軟觸手的八爪章魚像是張有輪子的椅子輕巧地移動，而扇貝也不是省油的燈，牠噴出海水，如兔子般靈活地逃跑。我一人分飾章魚和扇貝兩角，說出雙方的心聲。

「看這種影片，你不會想配音嗎？」

「我才不會，妳看電視的時候老是這樣玩嗎？」

「是啊，動物節目通常都會一邊看一邊配音，在路上看到鳥或是蟲子，我也會自動配上台詞。例如我說：『早安，鴿子先生』，鴿子則回說：『小梓小姐，妳今天也很美呢。咕咕，趕快給我飼料，咕咕』之類。」

「什麼妳今天也很美呢，真是教人聽不下去。」

青木先生對空碗公雙手合十，露出嫌惡的表情。

「妳真的從以前就是這樣的孩子。」

「以前？」

「以前見到妳的時候，妳也是擅自幫我配台詞，又自己哭起來。」

「咦？我以前見過青木先生嗎？」

「妳不記得就算了。」

青木先生一臉不高興，刷地離開座位。搞不清楚狀況的我只好對青木先生的背影道歉。

（青木先生為什麼要生氣呢？）

我挺著有點撐的肚子，躺在榻榻米上休息，突然有人打開雙拉門。

「安倍同學，妳在嗎？」

我以為是青木先生，結果居然是經常來刷功德存摺的立花老師。

「喂，吃飽就馬上躺下來會變成牛喔。」

以前只要一開口就能讓哭泣的小孩閉嘴的立花老師，說出我不知道的諺語來恐嚇我。

「咦？老師怎麼了嗎？休息室基本上禁止相關人員以外的人進出，難道老師也開始在登天郵局打工嗎？」

「我拿了自己種的番茄來給妳，吃吧。」

立花老師恐怖的臉上露出害羞的表情，拿出跟小嬰兒臉一樣大的番茄。

「好大喔，老師真是農業天才呢。」

正當我想把番茄收進包包裡時，老師害羞的表情又恢復以往可怕的模樣。

「現在吃。」

我摸摸肚子向老師暗示我剛吃過午飯，不過看來他並不想就這樣放過我。

我一邊抱怨說要拿就在午飯之前拿來，一邊無可奈何地咬下巨大的番茄。

「好吃嗎？」

我才剛咬下去，立花老師就一直問個不停。

「好吃是好吃……」

我勉強地把汁液滿溢的新鮮番茄塞進飽飽的胃裡，眼睛都快滲出淚水來了。

「好吃是嗎？今年大豐收，真想拿給所有學生吃。」

「老師，你要是逼學生在吃飽飯之後吞下番茄更會被討厭喔。」我把這句話連同番茄一起吞下肚，心情恢復平靜的立花老師瞇起眼睛眺望窗外的花田。

「妳的級任老師是個討厭的人，我每次都要花費一番功夫才能忍住不揍他。」

「老師年紀一大把，說話還跟不良少年一樣。」

「妳以前不是還跑來教師辦公室教訓人嗎？」

「哪有啊，我才沒有呢，又不像您。」

「不過妳那時候說的那句話很有效喔，說什麼『我覺得在教室說其他老師的壞話很不好』，那傢伙之後在教師辦公室如坐針氈。」立花老師呵呵笑著。

「安倍同學看起來一副悠哉的樣子，其實很懂得怎麼教訓人。」

「沒有啦，這是不好的技能，我要好好反省。」我向老師低頭道歉。

「不過畢業典禮的時候，那個老師居然叫錯我的名字，叫我安倍ABUSAN。（譯註：梓和ABUSAN的日文發音相似）」

「叫妳ABUSAN真是太過分了，但是安倍同學，妳知道ABUSAN是什麼嗎？」

「棒球漫畫。（譯註：ABUSAN是水島新司的漫畫作品名稱）」

「ABUSAN是苦艾酒，是十九世紀的藝術家所熱愛的禁忌之酒。（譯註：日文的苦艾酒發音也是ABUSAN）魏倫（Paul Verlaine，法國詩人）和羅德列克（Herri de Toulouse-Lautrec，法國美食家）都很喜歡苦艾酒。」

「可是那不是我的名字。」

「嗯。」

「老師您知道武井的紅頭毛事件嗎？就是我們班的武井，他原本就是一頭紅髮，結果我們導師硬逼他去染黑。」

「真的嗎？」

「真的啊，結果武井的頭長濕疹，還得去看醫生。對於導師而言，班上有紅頭髮的學生大概很不體面吧？」我想著想著就真的生起氣來，氣得跺腳。

立花老師聽完卻笑了。

「安倍同學，不要老是說別人的壞話。」

明明是老師起的話題，卻對我說教。

「還有另一件不可思議的事情，只要我進教室，打掃用具就會不見。」

「那是因為老師會用掃把打人，所以我們都藏起來了。」

「我才沒有那樣體罰大家。」

既然老師笑了，我也只能配合，跟他一起大笑。

「那我差不多該走了，能在這裡遇到安倍同學真是太好了。」

立花老師彎下高大的身體，跨過門檻的時候舉起一隻手揮了揮走出去。我摸摸鼓脹的肚子，無意識地眺望窗外的庭院。

我看到立花老師出現在成排的蜀葵對面。立花老師對赤井局長也舉起一隻手打招呼，穿過局長親手打造的地獄極樂門。當老師的身影突然變淡時，我嚇得跳起來。

「立花老師！」我用力鑽進後門門縫，衝向庭院。廣大的花田當中，穿過地獄極樂門的立花老師幾乎已經消失不見。

勉強塞下番茄的胃不知為何變得不那麼痛苦，我傻傻地凝視老師消失後的小徑。老師沒有回來，風景也一直維持不變。當我回到休息室，發現吃剩的番茄蒂頭變成寄給我的明信片，寄信人是立花老師。

「敝人衷心感謝各位生前的恩情……」

那是穿過地獄極樂門的人們交給郵政窗口的「過世通知函」。

我把熟悉的文章從頭看到尾，再讀一次之後，走到正在燒篝火的登天先生身邊。我想把明信片丟進冒出小小火焰的鼎裡，登天先生如同往常一樣笑瞇瞇地阻止我。

「那張明信片妳留著吧。」

「立花老師啊，每次上課之前都會考默寫，只要錯一個地方就要在椅子上罰跪五分鐘，人家的腳都痲得要死，然後老師啊……」我覺得得說點什麼，於是開始說些無關緊要的話，那種感覺有點害羞，有點想哭，又有點像下坡時停不住腳步。

「妳是個好學生呢。」登天先生溫柔的口氣讓我停了下來。

5 找到木牘了！

時近中元節，我以為登天郵局會進入旺季，結果日子一如往常。

玉枝老太太聽到立花老師過世，垂頭喪氣地低聲呢喃：「老人家是經不起過於寒冷或是炎熱的天氣。」

老太太雖然認為立花老師和自己都是老人，不過今年滿八十四歲的老太太是高齡人士當中的前輩，才退休兩三年的立花老師在銀髮族裡，還算是年輕的。

「為什麼不阻止他？」

「老太太，人類的壽命是不能改變的。」

「不要找藉口！那是你不夠努力！」

玉枝老太太正用無法做到的事情，斥責目送老師穿過地獄極樂門的赤井局長。

「每當身邊有人過世，我就覺得世間無常，大家到底都去哪裡了呢？」

玉枝老太太戰戰兢兢地走近地獄極樂門，朝裡面窺視又用腳尖試探一下之後就回去了。

然而玉枝老太太最近不常前來登天郵局並不是因為傷心知己離開人世，而是龐大的楠本家一切都由她所掌控，最近她正為了眾多親戚群聚的中元節而準備，聽說忙翻了。

取而代之經常出現在我面前的是燒焦的真理子小姐，最近她都挑準我回家的時候摁門鈴。我之前抱怨過請她以普通的方式出現，這應該是她的一點心意。

今晚真理子小姐也悄悄出現在無機質的鈴聲之後。她的外表一如往常地半燒焦，濃妝之下是隱隱浮現的屍斑，周身散發出令人想逃跑的氣氛，對我撒謊：「我剛好有事來到附近……」

「請進。」

身為怨靈的真理子乖乖套上拖鞋走進房間的模樣有點可笑。

電視台正播放著中元節應景的靈異節目。真理子小姐跪坐在觀音竹盆栽和書櫃之間的狹窄死角，興味昂然地觀賞著電視節目。

「好可怕喔，我們換台好不好？」

「不行，人家正在看……」

現在電視螢幕中出現的是負責外景主持的偶像藝人在靈異景點裡遇到嚇人的情況。每當踩到碎玻璃發出聲響、手電筒的光線劃出可怕的光弧，藝人就會驚聲尖叫，攝影機的畫面也跟著一起搖晃。白色的影像在畫面上飄過，來自棚內連線的那頭也陷入一陣恐慌。

「這究竟是光輪還是單純的光線，實在難以分辨呢。」真理子小姐提出不輸專家的嚴苛意見。

「真理子小姐平常也住在這種地方嗎？」

我一問，真理子小姐回答我「祕、密」之後又接著說：「怎麼可能。」說完對書架上的泡麵送個秋波。

「想吃泡麵嗎？」

「可以嗎？謝謝！好高興、好高興喔。」真理子小姐出乎意料地高興，

(=屍體)

人的獨特氣
牆，但本人
方式，患有

★結城翠

物理專家，ST唯一的女性，火辣辣的身材常讓在場的雄性動物失了心魂。彈道與聲紋比對是她的專長，擁有異常靈敏的聽覺能力，最想當個潛水艦的聲納手，可惜有幽閉空間恐懼症，夢想永遠無法成真。

★山吹才藏

ST的第二化學專員，藥學專家，負責毒品等物的調查分析，同時也是具有僧籍的曹洞宗正式僧人，兼營家中的寺廟業（!?）。

Illustration｜緒方剛志

警視廳搜查一課

川那部遼（警視）

警視廳搜查一課的三名檢視官之一，負責於命案現場驗屍，具有法醫學背景及十年以上辦案經驗的資深員警。因與三枝的競爭關係，反對ST的成立，處處刁難。

（刁難）

（競爭）

三枝俊郎（警視）

一步步從基層晉升到管理職的優秀警官。為協助警察辦案，向高層建議從科學搜查研究所調派各領域專家成立ST。

（支持）

ST的
察體
鍵時
職的

老練
幹，
高的

日本警察小說旗手

今野敏

1955年出生於北海道，興趣廣泛、多才多藝，是
等。大學時期即開始寫作，曾任職知名唱片公司
量娛樂小說，著作超過上百部。2006年以《隱蔽
蔽搜查2》獲山本周五郎獎及日本作家協會獎，成
改編為日劇大受好評的「ST警視廳科學特搜班系列」

★黃色調查檔案

●預定2015年4月上市

密室中四人集體死亡，死者均為新興宗教的信徒。看似完美的殉教事件，牽扯出新興宗教內的流派之爭。ST藥學專家，同時兼具僧侶身分的山吹才藏才能開解的謎團。

★綠色調查檔案

●預定2015年6月上市

市價上億日圓的名小提琴被盜、沒鑰匙絕對不可能被打開的收藏室出現竟然有人闖進甚至出人命！？ST物理學家結城翠的超人聽覺力竟棋逢對手？

★黑色調查檔案

●預定2015年8月上市

黑道組織、電話詐欺、不斷向下跌落的底層生活，小人物的悲歌如何才能終止？ST化學專家、武術高手黑崎勇治精采出擊。

（日版書封）

★同期

今野敏好評加映

●預定2015年10月上市

今野敏警察小說集大成！

用陰鬱的聲調唱起〈搭上可樂娜II〉。明明是一首輕快的歌曲，卻被她唱得好像來自地獄的詛咒，實在了不起，當然她本人不過是有點開心地哼著歌而已。

「真理子小姐很喜歡這首歌吧。」

喜歡到附身在我身上時也讓我唱，或是在公園的喇叭播放這首歌。

「我以前在男朋友的車子裡常常聽這首歌，那時候好開心喔。」

「但是是哪個男朋友呢？」

「咦？哪個男朋友……」真理子小姐轉著大眼睛，陷入思索。

我突然感到害怕，趕緊轉換話題。

「真理子小姐的工作和住處都是宇津見醫生安排的，雖說外遇也不太好，但男朋友應該沒有介入你們的餘地吧。」

「金錢是買不到愛情的呀。」

真理子小姐說完，吸啜起泡麵。幽靈吃飯實在很稀奇，我忍不住直盯著看，真理子小姐轉身背向我。

（儘管如此……）

不屬於人間的幽靈在我房間幽暗的角落，背對著我吃泡麵，而電視播著坐在攝影棚裡的靈媒看著靈異照片，解說照片中亡者不幸的一生。

「喂喂，真理子小姐，我從以前就覺得很奇怪，為什麼靈媒光看靈異照片就能知道幽靈的事情呢？而且連人家的過去也能用照片判斷，如果企業的人事部有這種人，一定很方便吧。」

「不知道。」

「真理子小姐變成怨靈之後常去宇津見醫院嗎？」

「沒有。」

「男朋友家呢？」

「也沒有。」

「也沒有去常常商量的那個人那裡吧？」

「嗯。」

「那為什麼會來我這裡呢？」

「因為妳好像喜歡幽靈，來這裡又總是覺得很平靜。」

真理子小姐突然轉過頭來，學電視裡放大的靈異照片露齒而笑。

「哇！」

在我躲開之前，真理子小姐臉上掛著燦爛的笑容消失了。

（啊，她走了。）

打開的窗戶吹進濕熱的風，冷卻我背上的汗水。

我在不知是冷還是熱的情況下，收拾真理子小姐吃完的泡麵。

＊

今天是星期六，我一到滿月食堂就遇到丸岡刑警在吃遲來的午餐。

丸岡刑警，也就是阿丸正在大嚼他最愛的炸竹筴魚。我一提起真理子小姐的案件，阿丸福態的臉就繃了起來。

「島岡真理子事件嗎？那命案雖有多名嫌犯，卻缺乏有力的證據。」

看來似乎是有名的命案。

就連常常造訪食堂的村下先生也插嘴說：「我知道那件事，但是那已經是很久以前的事了吧。」

「妳這麼年輕，居然知道這件事，那時候妳還是小嬰兒吧？」

「那是我畢業論文的主題，題目是『比較愛情悲喜劇的真實與虛構』。」

這些歐吉桑居然三兩下就相信了我的謊言。

「但是島岡真理子命案真的很有名，就連捲入事件中心的宇津見醫院也因此知名度提升而生意興隆。有些人就是能化危機為轉機，我很佩服身為經營者的宇津見醫生。」

這事件之所以現在還能留在大家的記憶中，似乎是出於這名曾當過酒店小姐的女子一生的精采悲劇。店裡沒有其他客人，所以店長艾莉也一起加入話題討論，氣氛愈來愈熱烈。

「事發之前，有人目擊一輛白色的進口車開離現場，據說是被害人情夫的車子。」

「情夫是指被害人工作地點宇津見醫院的宇津見院長吧？聽說宇津見的太太曾經揪住被害人的領口，說要殺了她。所以阿丸啊，兇手不就是情夫的太太嗎？」

「欸，不可以光靠推測就說人家是兇手啦。」

丸岡刑警一臉嚴肅地糾正村下先生，村下先生卻毫不在乎地繼續說下去：「不過被殺的那個女人，男女關係也是亂七八糟。聽說案發後還在附近的公園裡找到染血的田中工務店的工作服。那家工務店的兒子曾經跟她交往過，叫做田中匡彥。」

「那不就是這附近的店嗎？那個人該不會是食堂的常客？」

「喂喂，村下，你是從哪裡得到這情報的？」

「被殺的女人以前工作過的酒店，而且其實我也認識那女的，嫌犯田中匡彥，也是我高中時候的朋友。這層關係很了不得吧？」村下先生好像在向大家炫耀在路邊遇到明星般興奮。

阿丸睜大他的小眼睛，驚訝地說：「是嘛？」艾莉也興奮地說：「好厲害，好厲害。」村下先生看來十分得意。

「田中那傢伙，雖然現在一副玩得開的樣子，高中的時候其實內向又陰沉，還因為跟蹤喜歡的女生而鬧出事，不過田中家有錢，他父母用錢把問題解決了——他喜歡的那個女生的確和被殺的酒店小姐是同一種類型。」村下先生像是窺視時間的縫隙般，凝視天花板說道。

然而此時讓村下先生突然閉上嘴是因為話題中的嫌犯——田中本人居然走進滿月食堂。大家大吃一驚，勉強假裝平靜的艾莉也露出完美的職業笑容。

「歡迎光臨。」

田中匡彥是位於鬧區附近的田中工務店的長男，全身散發危險氣息的美男子，他身上正好穿著剛剛提到的工作服。

（怎麼看都是一副會拿著女友——真理子小姐——情夫租的公寓備用鑰匙進門，一不高興就揍女人的男子。）

可能是因為我的視線充滿先入為主的偏見，對方也以厭惡的眼神看我。

「喔，好久不見。」

大概是感到尷尬吧？村下先生盡可能裝開朗地打了聲招呼後，馬上就買單離開了。

「明太子國王菜蓋飯。」

田中點了滿月食堂菜單裡最怪的料理之後，坐在角落的桌子。

我坐到丸岡刑警身邊的位子，偷偷摸摸地說：「我第一次看到殺人事件的嫌犯。」

「不要隨便叫人家嫌犯。」阿丸低聲罵我，嘴裡嚼著竹筴魚，說：「總之是個讓人不舒服的人。」

阿丸感覺就只是單純討厭帥哥的樣子。

＊

「白天開始變短了呢。」我看著開始西下的夕陽，走出登天郵局。

自從發現狗山比賣的金印以來，我什麼東西也沒找到，儘管目標是跟衝浪板一樣大的木牘，明比起金印應該更容易找到才是。今天我也和赤井局長一起挖掘尋找，進度快到簡直像是要興建新的墓地，可是我們卻連一根冰棒的木棍都找不到。

「明天繼續加油吧。」

就算沒有任何成果，赤井局長依舊很溫柔。

「今天也辛苦了。」

盡頭彷彿是要被吸進夕陽裡的道路因為中元節的關係而空空蕩蕩。（譯註：日本一般企業會在中元節放四天假，許多日本人會在此時回故鄉或是旅行）我的紅色腳踏車超越紅色身軀的蜻蜓，準備一個人回到市區。就在此時，前面小路冒出一輛休旅車與我擦身而過。

（咦？）

坐在休旅車駕駛座上的是我最近看過的臉孔，指的並非最近和我混熟的幽靈。此人是個活跳跳的生人，不過卻是個問題人物。那個人正是真理子小姐生前的男朋友——田中匡彥。

（不就是那個嫌犯？）

副駕駛座和後座也都是些和田中年齡相仿的男子，正笑成一團。他們的笑容令人噁心，真理子小姐的男朋友在我心中幾乎從嫌犯升格成犯人。

（真是的，阿丸不是警察嗎，到底在幹嘛啊？）

被殺害的真理子小姐化身幽靈，在人世間徘徊，最後還落得跑來我房間糾纏，她的男友到了中元節也不祭拜她一下，還嘻皮笑臉地開車到處跑？

我停下腳踏車瞪視對方，休旅車在山腳下逐漸陷入黑暗的叉路上向左轉。

「啊！」

我無處可發的憤怒化為些許不安。舊的那條路因為土石流而中斷，最終只能通到已成為廢墟的狗山休息站。那個廢墟在上個世代的年輕人口中是個知名的靈異景點，但它實際上是登天郵局的倉庫。

（總覺得有不好的預感。）

我迴轉折回狗山。我想起關於田中的謠言，覺得無論是登天郵局的祕密或是可能遺失在廢墟裡的木牘會遭人拿走等等杞人憂天的想法都可能成真。於是背對著太陽，在夕陽西下的山路上狂飆，還一邊打電話回登天郵局，可是手機裡一直傳來空虛的嘟嘟聲，不知是屬於哪個世界哪個機關的登天郵局員工都下班回家了。

（唉喲，真的是！）

我猜田中匡彥和看似不良中年的夥伴或許上星期也跟我看了同一個靈異節目，所以想去狗山休息站試膽。

我的擔心似乎沒錯。夕陽西下之後，泥濘般的黑暗包圍了廢墟，他們的車子就停在廢墟前。年紀一大把居然還搞這種愚蠢的把戲，卻沒發現尾隨他們而來的我，簡直愚蠢。

田中他們大聲喊叫一點都不可怕，一邊走進廢墟。我也躲在陰影裡，尾隨他們進入休息站。赤井局長雖然常常來打掃，失去原本功能的建築物不知是不是有妖魔入住的關係，還是顯得莫名骯髒。

每一面牆上都噴滿黑色塗鴉；夕陽的餘光形成紅與黑的對比，近乎空無一物的建築物中，機電設備更加顯眼。
原本架子裡擺的應該是以前流行過的點心和土產，現在則是布滿大量的灰塵。朝內側傾倒的架子形成陰影，可怕得像形成鬼故事的溫床。
我儘管佩服村下先生可以若無其事來這種地方玩，卻也瞧不起這群來這邊試膽的不良歐吉桑。他們邊踩在破碎的玻璃上發出令人不悅的尖銳聲，邊旋轉手電筒炒熱氣氛，嘲笑膽怯的同伴，胡鬧之中，有人玩起了鞭炮。
天花板上是剝落垂下的壁紙，鞭炮的火花如果引燃壁紙就危險了。回去我一定要提醒赤井局長準備滅火器，不對，根本就應該封鎖入口，禁止所有人進入。
（赤井局長只抱怨打掃很辛苦，對安全卻那麼不在意。）
我思考著赤井局長不封鎖廢墟是否有其他的理由，同時監視這些闖入的人是否帶走登天郵局的物品，儘管放眼望去看不到任何疑似登天郵局的東西。
（咦？）
我蹲踞在黑暗之中，突然發現廢墟和我之前誤闖時不一樣，整個心都涼了。現下的氣氛不同於登天郵局悠哉，也和怨靈真理子小姐所散發的怨恨氣息不一樣，這股陰氣更加靜謐和冰冷，近乎神聖。

（甚至讓人感到有點懷念。）

這群來試膽的歐吉桑是否也感受到這股妖氣呢？

他們一邊喧鬧，一邊窺視通往後方的門扇，侵入廚房，任意踹破朽壞的牆壁，甚至用棒子打破尚完整的燈泡，明明很害怕，卻又故意裝出活力充沛的模樣以免被同伴發現，精神狀態已經接近瘋狂了吧。

（既然如此，一開始就不要來嘛。）

話雖然這麼說，我也一樣。人在這裡什麼也做不了，而且這裡根本就沒有值得監看的物品，我還是趁著他們還沒發現趕緊溜回家吧。正當這麼想的時候，突然發現倒下的架子在靠近我的方向，有個死角散發出不自然的光芒。剛剛有人在胡鬧時打破了那個地方，儘管那裡原本就是一道破破爛爛的牆。奇妙的光線雖然微弱，我的視線卻完全受到光線吸引，看到了牆壁的裂縫之間有一片古老的木板，光線似乎是從木板散發出來。

為什麼會發光呢？我匍匐在滿是塵土的地板上，前進到散發奇怪光線的牆面附近。

「哇！」我差點喊出聲，趕緊摀住嘴巴。

木板大小和衝浪板差不多，上面以美麗的毛筆字寫著我看不懂的內容：

「梵天帝釋、四大天王、全日本國中六十餘州大小神祇、別伊豆箱根兩所權現、三島大明神、八幡大菩薩、天滿大自在天神……」（譯註：上述皆爲神明的名字。日本古代的契約會寫上簽約者所信仰的神明，避免簽約者毀約）

看到木板的瞬間，我相信這就是登天郵局全體員工尋尋覓覓的木牘。

（居然是在這種時候……）

我為自己尋找失物的才能瞠目結舌，這樣不就想回去也回不去了嗎？但是我現在除了先回家也別無他法。

我蹲著後退還不到一公尺，口袋裡居然傳出舒伯特〈魔王〉的樂聲。

爸爸，爸爸，魔王要來抓我了！

那一瞬間，我和那群歐吉桑都僵住了。

（嗚，將太那個小屁孩！）

艾莉的獨生子將太很喜歡玩我手機裡的遊戲，老趁著我不注意的時候拿去玩，可是我沒想到他連手機的鈴聲都改了。

（居然還改成〈魔王〉，哪有小孩的品味這麼奇怪？）

這種時候，慌亂到不知所措的我居然做了最不該做的行為——接電話。

「喂？」

「喂，妳剛是不是打電話給我？找我什麼事啦？」青木先生快速的說話聲音刺激著我的耳膜。

「喂，妳聽得見嗎？該不會是妳那支電話太舊、秀逗了吧？一定是電池接觸不良，快去換手機啦。赤井局長不是先付妳薪水了嗎？最近不管是哪家手機行，都不需要付頭期款哩。」青木先生對我嚷嚷一些無關緊要的事情。

突然有一隻手從背後拿走手機。我一抬頭，發現原本在靈異景點興奮胡鬧的男人已團團圍住我，每個人的臉上都露出「這個小女生為什麼躲在這裡？」的表情，然後轉為令人不悅的開心神情：「這小女生是比自己弱的生物，隨便怎樣處置都可以。」

「真可愛。」

「還好。」

「我上過的女人裡最醜的一個。」

嫌我醜的是真理子小姐的男朋友。他把我的手機往後一丟，冷不防抱住我。

「我還在想是在哪裡見過妳，妳昨天去過滿月食堂吧，那時候是不是還叫我嫌犯？這種沒禮貌的傢伙，需要大家出手教訓一番。」

我看到田中匡彥馬上褪下牛仔褲時，噁心的感覺超越恐懼，讓我發出如烏鴉般的哀號聲。

（？）

我不斷尖叫的同時，耳邊傳來奇怪的聲音。那聲音連同重量與怒氣，呈現異樣的氣氛。

「這群混帳東西，全都給我轉過來。」

散發異樣氣息的人物從黑暗中現身，發出雷鳴般的聲音。

對方的氣息明顯異於人類，高大的個子與寬闊的肩膀超乎常人，全身好似全由肌肉所組成。

壞蛋們發現如美國漫畫中的超人登場時，牛仔褲褪到膝蓋的田中匡彥已經被超人從背後抓住頭，輕鬆地丟出去。不良歐吉桑齊聲發出尖叫，不和諧的合音撞擊牆面後反彈。

另一方面，面無表情的超人像是抓娃娃般，攫住第二個人的臉，整個高舉過頭。我啞口無言，只是緊盯著眼前的動作片。這群壞蛋三三兩兩逃走，超人則是悠然地俯視一切。

「哎呀，鬼塚，你的身手華麗，好像在看古裝劇，真教人舒暢。」青木先生和逃走的壞蛋擦身而過，走進廢墟。

「鬼、鬼塚先生？」從來只在出勤表上蓋章的鬼塚先生，原來是如此異於常人的人物啊？我撿起丟在地上的手機，重新仰望鬼塚先生的尊容。

「為什麼你們會來這裡呢？」

「赤井局長和登天先生去卡拉OK唱歌。」

「卡拉OK？」那兩個人去卡拉OK會唱什麼歌呢？

「我不喜歡去卡拉OK，不過我可不是音癡喔，然後我就和鬼塚一起來整理倉庫。我要出門的時候聽到手機響，正要接起來就斷了，一看是妳的號碼。但是我沒想到妳居然在這裡遇到這麼危險的事，真是嚇了我一大跳。」

青木先生溫柔地拍打田中匡彥失去意識的臉頰，讓他清醒。

「你要是敢對我家小猴子做出骯髒的事，我就剪了你可愛的小雞雞，不過交給鬼塚，大概是扭斷吧。喂，鬼塚，你會怎麼做？」

「捏爆。」

「聽到了沒？他要捏爆你的小雞雞喔，小雞雞。」

我在登天郵局兩位員工可怕的對話當中逐漸回神，一邊哇哇大叫一邊抱住青木先生。

「妳幹什麼啊，這個孩子，想對我做什麼奇怪的事嗎？」

我抓住想要甩開我的青木先生，一邊朝破爛的木板牆一比，大喊：「木牘、木牘。」

青木先生察覺我的異樣，衝向牆壁的裂縫。

重獲自由的田中匡彥迅速地逃出廢墟，看起來一點也不像剛剛還昏迷不醒。

「哎呀，哎呀呀，這不正是誓狀嗎？」青木先生大聲地說。他的臉先是如同其姓般鐵青，又變得跟赤井局長一樣滿面通紅。

「妳真是太厲害了，不虧是尋找失物的高手。看來不管是誰，總有一項可取之處。」

鬼塚先生看到青木先生吃力地想從牆壁的裂縫拿出巨大的木牘，他和打倒壞人一樣面無表情地推開他，輕輕鬆鬆地拆除牆壁，取出我們的目標。

我突然鬆了一口氣，搖搖晃晃地起身。壞歐吉桑丟下的手電筒在後方的牆面上照出圓形的光圈，我發現模糊的視野當中還有別人在。

（是真理子小姐嗎？）

我直覺以為是真理子小姐，卻沒瞧見她熟悉的身影，取而代之的是軟性飲料海報上，過往的偶像朝我露出笑容。

我拿起掉落在地的手電筒，為搬運木牘的青木先生與鬼塚先生照亮腳下。

（真是的，嚇我一跳。）

那木牘大概很重吧？不說瘦巴巴的青木先生，就連滿身肌肉的鬼塚先生都氣喘吁吁。我也奔向他們，想要多少幫一點忙，就在這個時候，我又看到了。

我忍不住以手電筒照射的方向出現的不再是海報，而是身著古代舞衣的嬌小女子。然而這一切只是我的錯覺，映照在眼前的不過是滿是塗鴉的水泥牆面。但是，那裡的確有誰存在，而對方也知道我發現了她。

（好可怕！）

我打從心底感到害怕。黑暗如同歌曲中的魔王，想要抓住我。我害怕地直抓緊鬼塚先生的背，像美國漫畫中英雄人物的鬼塚先生竟也和我一樣瞪視著黑暗。

＊

回家之後，發現真理子小姐早我一步到家。她在陰暗的房間裡，無所事事地坐在老位置。狗山休息站的騷動讓我累得一蹋糊塗，看到真理子小姐可怕的模樣也無動於衷，只是懶洋洋地對她說：「我回來了。」

「妳怎麼了？」

真理子小姐看到我如此憔悴，蒼白的臉蛋上是一臉擔心的表情。

「嗯，發生了一點事情。」我含糊地回答，自顧自地翻冰箱。

「妳要喝啤酒嗎？」

「我可以喝嗎？謝謝、謝謝。」

真理子小姐一如往常非常開心，讓我心情平靜多了。冷靜想想，真理子小姐雖然給人的感覺不那麼舒服，其實從來不曾傷害過任何人。

儘管她被人殺害的事至今尚未解決而心有遺憾，卻不怎麼怨恨兇手。像她這樣一點也不執著的人居然無法超渡成佛，反而讓我覺得十分不可思議。

「我有一個不曾實現的夢想……」

「呃？怨靈也有夢想嗎？」

聽到我非常失禮的發言，真理子小姐一臉不高興。

「喂，真理子小姐，來到地獄極樂門的人，大家都穿得很正式呢，如果妳也換上正式的服裝，搞不好就可以超渡了。」

「這是我最好的衣服，是宇津見醫生買給我的。」

真理子小姐提到包養自己的院長先生，口氣裡滿是懷念。好險她誇獎的是當年包養她的人，如果她現在提起田中匡彥，我一定會抓狂。

「妳要不要試試我的衣服？那套是我的幸運服，穿上它一定會成功。」

我撒了一點小謊。

「妳不用對我那麼好啦。」真理子小姐纖細的手指撩起燒焦的頭髮，心事重重地低頭看自己。

我打開衣櫥，拿出面試用的套裝。那是一件深灰色套裝，雖然款式簡單，但穿起來應是十分挺拔、有精神。只是穿在我這個全校最不適合穿求職套裝的人身上，就成了套奇怪的衣服。

（連套裝都放棄我了嗎？）

真理子小姐看來和我一樣很少穿著正式套裝，但是一套上這衣服，她卻露出難得認真的表情。

「沒想到我還滿適合穿套裝。」真理子小姐開心地嘴角微揚。

「讓我想一想……」

一說完，她就突然消失了。

＊

真理子小姐再次出現是兩星期之後了。

「我想試試那件套裝。」

「妳該不會從那天走了之後就一直在想這件事吧？」我腦中浮現她連續兩個星期都躲在暗處思索的模樣。

「好啊，就借給妳吧。」

因此我把求職套裝借給真理子小姐，帶她去登天郵局。

我因為找到木牘，在登天郵局的地位略略提升，就連跟怨靈一起走進登天郵局，青木先生也一反往常沒罵人。

「哎呀，真理子，妳換造型嗎？」

真理子小姐不僅換上我的套裝和鞋子，連半燒焦的頭髮都細心紮成髮髻，遠遠一看，散發著剛出社會的人特有的青澀氣息。

真理子小姐也因為打扮和平常不一樣而興奮不已，高興到開始講起帶有點情色的自我介紹。

「嗯，我的優點是男人都愛我，缺點的話大概就是女生都討厭我吧？」

真理子小姐刷了她的功德存摺，上頭印了外遇、劈腿、橫刀奪愛、腳踏兩條船等等狐狸精的惡行。青木先生賊笑地說：「地獄是去定了。」但是真理子小姐毫不氣餒，和前往另一個世界的人一起排隊。

「我還是第一次看到怨靈的笑容。」

受到青木先生批判的真理子小姐愈是接近地獄極樂門，臉上的笑容就愈僵硬。我想起平常待在我房間角落、一副可憐樣的真理子小姐，身為怨靈的她平常究竟都待在哪裡呢？

（成佛真是一件辛苦的事。）

腳踩黑色高跟鞋的真理子小姐朝蔓性玫瑰纏繞、美麗的地獄極樂門踏出每一步，就連身為旁觀者的我，也跟著緊張起來，感覺就跟自己踏進求職的面試會場一樣。

真理子小姐頂著半燒焦的頭髮和化妝遮蓋住屍斑的臉龐回頭，朝我生硬地揮手道別。

「加油！」我低聲呢喃，目送真理子小姐走出地獄極樂門，消失在花田之中。

但是……

真理子小姐沒有消失。其他排隊的人紛紛融化於風景當中，只有她穿過門依舊沒有任何變化，不知所措地左顧右盼，把髮髻都晃亂了。

「啊啊，怨靈果然是沒辦法成佛。」青木先生鬆開抱在胸前的雙手，抓了抓鬢角。

「哎呀，真理子小姐很沮喪呢。」

真理子小姐氣餒地蹲在地上，那模樣就跟面試之後收到不錄取通知的我一樣，陷入痛苦的煩躁和自我厭惡，期待的結果像變魔術般消失，覺得以後也一定永遠不會收到錄取通知。

「都是因為穿了我的套裝才會變成這樣。」看到變得跟自己一樣消沉的真理子小姐，不禁感到愧疚。

「妳講歸講，臉上倒是一副鬆了一口氣的樣子。」

「咦？我有嗎？才沒有咧。」

青木先生一說，我整個人慌了起來。真理子小姐沒有消失的確讓我稍微鬆了一口氣。

（真理子小姐，對不起，我居然想著還可以再跟妳相處一會兒。）

其實當我看到不錄取通知時，內心深處也是一樣的想法。如此一來，我又能維持一陣子現在的情況。因為我沒被錄取啊，明天的我也只能繼續跟昨天一樣的生活。

「我不管囉，誰要像妳這樣多管閒事。」青木先生敲敲我的背，走回郵局。

真理子小姐就連沮喪的模樣都美得像幅畫。

我看到她這樣原本不知如何是好，腦袋卻突然靈光一閃。那種感覺逐漸擴散，就跟找到失物時的心情一樣。

「咦？這不就是爸爸跟我說的話嗎？」

——妳一定能成為自己想變成的樣子。

——慢慢來吧。

「我跟真理子是不是都跳過一個步驟了？」

我能為真理子小姐做的並不是借她老是落榜的求職套裝，而我也不應該懷著期待失敗的心去找工作。但是，就算這麼說，我還能做什麼呢？

「喂，妳，是要翹班到什麼時候？趕快工作！」

青木先生從郵局的窗戶探出身子怒吼。我慌慌張張地回頭，看看真理子小姐，不知所措地發出呻吟聲。

（我應該先跟真理子小姐說點話。）

「下次還有機會，失敗沒什麼好怕的！」

朋友們都是這樣對我說。但是從過往的經驗，我也知道這些話沒什麼用，既然如此還不如放對方一個人獨處，不過讓她獨處好像也不好。

（總之我該說點什麼「下次還有機會，當怨靈也沒什麼不好的！」）

當我要走向花田時，不知何時來到庭院的登天先生抓住我的手臂。

「妳看那個人好像搞笑短劇55號的紅色忍者（譯註：「搞笑短劇55號」是老牌搞笑藝人萩本欽一和坂上二郎組成的搞笑組合，紅色忍者是坂上二郎扮演的角色）。」

居然讓登天先生在真理子小姐重要的時刻笑出來，應該是很可笑的景象吧。他一邊嘻嘻笑，一邊指向正面的入口一帶。

「那個人嗎？」

我看到登天先生手指的目標不禁冒出一身冷汗。

「呃！」

身穿紅色運動服的嬌小女子像個忍者，偷偷摸摸地從窗戶窺視郵局內部。這裡是登天郵局，有像真理子小姐這種半燒焦的怨靈，當然也會有來刷功德存摺的生者。

但是滿月食堂的老闆艾莉來到這裡就有問題了。更糟糕的是艾莉也發現了我。

「小梓！妳、果然、在這裡。」

艾莉壓低聲音呼喚我。

「妳被這家靈異郵局給附身了。」

大喊「逃走吧！」的艾莉抓住我，我拚命扯些不知所云的藉口，想讓她冷靜下來。

「小梓，怎麼了嗎？」發現事情有異的赤井局長跑向我們，卻說起「今天天氣真好」等等無關緊要的事情。

（啊啊！）

我剛進入登天郵局工作時，的確曾經在滿月食堂發過牢騷。與其說是牢騷，不如說是針對靈異現象而找人認真商量。我那陣子的行為確實有些奇怪，也真的因為這是間為死者所設的郵局感到驚恐不已。

「來的路上都沒有迷路嗎？」

赤井局長用掛在胸前的圍兜擦拭沾滿泥土的雙手，再次對艾莉微笑。滿臉通紅的局長面露出微笑，一副好好先生的模樣。

艾莉稍微放下戒心，放開了我。

「中元節過了就開始吹起秋風呢。」

這些無關緊要的話題讓艾莉坐在木椿上認真聽講。我像是盜壘的跑者悄悄地倒退回到郵局。無法成佛的真理子小姐發現異狀，小跑步來到我身邊。

青木先生推開真理子小姐，憤慨地起身。

「妳跟外人說了登天郵局的事吧。」

青木先生猜的一點也沒錯，我畏畏縮縮地不敢回他。

「真沒想到毫無關係的人類居然會跑進來，我們也太不小心了。」

青木先生又拿出「奇蹟簿」，一臉嚴肅地在上面寫些什麼。

「自從妳來之後，一天到晚發生奇怪的事情。」

「對不起。」

赤井局長說過登天郵局會挑選應該來到郵局的人——登天郵局會挑選真正需要郵局的人，總之沒有被郵局挑上的人無法來到這裡。

因此，艾莉也是「必須來到郵局」的人，理由是來拯救陷入登天郵局的我。這麼說來，登天郵局的挑選方式非常機械化，就連帶有敵意的人也放進來嗎？

（總覺得哪裡怪怪的。）

「局長在跟那個人說些什麼呢？」

真理子小姐小心地低聲詢問。

「消除記憶。」

青木先生寫完奇蹟簿之後，發出可怕的嘻嘻笑聲。

「赤井局長正在跟她說世界上最可怕的怪談喔。赤井局長的怪談超乎人類的常識，就像潘朵拉的盒子……」

「嗯？」我的臉上寫著「為什麼要做這種事情」的疑問，青木先生對我擺出冷漠的笑容。

「因為要讓她想不起來。聽到讓人害怕到不願回想的怪談，自然會消除關於登天郵局的記憶，忘記自己曾經來過這裡。」

青木先生再次發出可怕的嘻嘻笑聲，我既懷疑又恐懼地望向赤井局長。

艾莉一反剛剛劍拔弩張的樣子，安安靜靜地聽赤井局長講話，怎麼看都不像是在聽世界上最可怕的怪談。她的臉上沒有笑容，然而也不是聽得入迷的興奮模樣。不知道聽了多久，艾莉突然起身走向斜坡離開，看也不看登天郵局一眼。

我不知道赤井局長說的是不是讓人會想抹去記憶的可怕怪談，但是艾莉好像真的忘記關於登天郵局的一切。

（好可怕。）

對於這一陣子已全然熟悉的登天郵局，我又升起消失許久的警戒心。

＊

今天不知為何，來了許多稀客。

一位貌似非常忙碌的白衣阿伯來到青木先生的窗口，請領他的功德存摺。從白色領口往下看，可以瞥見他身穿高級襯衫搭高雅領帶，然而幾乎沒有梳理的頭髮滿是油脂和頭皮屑，同一個口袋裡竟塞著聽診器和計算機。白衣阿伯身上的臭酸味很明顯是體臭，甚至飄到我所在的隔壁窗口來，害我忍不住摀住鼻子。

「那位小姐，我很臭嗎？」

散發酸臭汗味的阿伯直勾勾地盯著我看。我還在頭痛又不能老實回答說「對，真的很臭」，對方不等我回答就聞了聞自己的腋下。

「老實說，最近連病患都嫌我有汗味。老實說，我忙到連洗澡都嫌浪費時間。老實說，我一天只睡兩小時而已，兩小時。護士們也偶爾會趁我不注意偷皺眉頭，大家都以為我沒有發現。老實說，我都知道，畢竟我是老闆，但是我實在非常忙碌……」阿伯的發言像連珠炮一樣，邊說還邊以手指敲打手腕上的名牌手表。

真理子小姐縮在大廳沙發和電視之間，表情僵硬。平常青木先生總是機械性地處理功德存摺，今天卻格外花時間。

「喂喂喂，你在幹嘛？老實說，我在趕時間。」

白衣阿伯的抱怨非常符合他急躁的個性，我忍不住偷瞄了他的存摺。

宇津見圓作

我朝真理子小姐看去，用眼神向她傳訊息。宇津見圓作這個名字，一看就是很會賺錢的樣子，他正是以前包養真理子小姐的人。

（原來是一身汗臭的歐吉桑。）

他是宇津見家的贅婿，把一間小診所擴充成綜合醫院，身為院長不僅負責看病，也為了經營醫院而奔走。忙碌的他同時還包養小三，甚至成為殺害小三的嫌犯。

「……所以我開車的時候稍微失去了意識一會。老實說，我覺得這不算邊打瞌睡邊開車。不，老實說，這的確是邊打瞌睡邊開車。但是沒人可以責怪我，畢竟我沒有害死任何人，老實說。」他一直強調「老實說」，可能是不自覺地為一點也不老實的生活方式辯解吧。

我又偷瞄了一次體味濃厚的阿伯。比起妻子與情婦，忙碌更像是他人生伴侶的宇津見院長由於過勞導致開車時打瞌睡，一頭撞上電線桿而當場死亡，此時在醫院附近的十字路口，他卡在愛車之中、充滿汗臭的屍體正被人發現——宇津見院長就像面對重病患者的家屬，冷靜地向我們說明。對他而言，自己的死亡就和他送走的病患沒兩樣。

他還是不斷重複「老實說」這三個字，眼睛瞥向沙發和電視之間的陰影。我還以為宇津見院長終於發現真理子小姐了，但隨即他的視線又轉回窗口，一臉不耐煩地搓著手，盯著青木先生處理功德存摺。

（這個人即使變成了幽靈也看不見真理子小姐啊。）

真理子小姐和宇津見院長外遇時腳踏三條船，還懷上別的男人的小孩，但是當她發現以前包養自己的人眼中沒有自己的時候還是大受打擊。

「老實說，我很好奇我太太會為我舉辦什麼樣的喪禮，因為那女人非常小氣。但是老實說，想到今後醫院的未來又覺得不能太隨便，畢竟大家都在看。老實說，大概算一下……」

「你已經不用趕時間了。」青木先生把功德存摺交給一邊抖腳一邊敲計算機的宇津見院長。

「好，好好好，沒有遺漏吧，好。」宇津見院長的手指掃過一次存摺內容，快速走向庭院，大步跨過地獄極樂門時，他毫無留戀和感慨，消失在通往黃泉的花田中。

「剛剛的功德存摺啊，」青木先生先加了一句「我們有保密義務，不可以說出去」。我正在感嘆原來陰間也有保密義務時，青木先生的視線投向窗戶，望向宇津見院長消失的庭院。

「那個人雖然外遇又有老人臭，經營醫院不免也幹了些傷天害理的事情，但是存摺上沒有殺人的項目喔。」

「啊，對喔，刷功德存摺就能知道誰是犯人了。」我勉強自己開朗地說。

「真理子小姐，真是太好了，少了一個嫌犯，我們又更接近真相了。」

「什麼太好了……」躲在沙發和電視之間空隙的真理子小姐嚴重陷入自暴自棄，「要是有機會投胎轉世，我要變成地獄的惡鬼來懲罰壞人。」她輕輕說完之後又馬上改口：「還是不要好了，不行不行，有這種想法可能會投胎變成罪犯……」

我好像看到躲在沙發和電視之間的真理子小姐緩緩消失於陰影中。當我慌張回頭時，已經找不到她的身影。

「呃，我說錯什麼了嗎？」我戰戰兢兢地問，青木先生只是冷哼了一聲：「沒有啊。」

＊

登天郵局稀客不斷的那天，在我不知道的地方發生了一件奇怪的事，離開登天郵局，踏上歸途的艾莉也被捲入事件當中。

她駕駛珍珠粉的輕型汽車從狗山回到市區，朝滿月食堂前進。她和兒子將太一同去遊戲場夾到的迪士尼娃娃在擋風玻璃前對她微笑搖晃，掛在後照鏡上的護身符也一起搖晃。

艾莉心想：「咦？我不記得自己曾經買過護身符。不，搞不好我買過，只是我不記得而已。」

綁著鈴鐺的木片護身符上有交通安全的字樣和印章，背面的字樣是狗山比賣命。

今天真是奇怪的一天。早上應該是有重要的事情而臨時休店，現在卻想不起來究竟是為了什麼事。好像和一位身著工作服的紅臉大漢，聊了一些無關緊要的雜事。明明意識很清楚，記憶卻很模糊。這情況與她剖腹生兒子時相似。

「艾莉小姐，艾莉小姐，結束了喔。」

聽到呼喚自己的聲音，因麻醉而什麼也不記得的艾莉皺起眉頭。

「什麼結束啦？趕快手術啊。」

每次想起當時的事，艾莉總會忍不住笑起來。記憶中只有手術前和手術後，關鍵的手術過程之於她就像沒有發生過的事，但就是這關鍵時刻，兒子平安出生，艾莉也順理成章地當了媽媽。

以前人說「被狐仙耍了」，大概就是這種感覺吧。儘管如此，到底是為什麼自己會特別關店，在這裡開車呢？

（該不會我一個人跑去狗山休息站試膽了吧？怎麼可能!?）

艾莉因紅燈而停車，愣愣地目送穿越斑馬線的少女。

（好奇怪的打扮。）

嬌小的少女的確身著奇妙的服裝。明明天氣很炎熱，她卻穿著厚重的刺繡和服，頭上戴著星型裝飾的古老頭冠。

（那是要去參加祭典的服裝嗎？）

正艾莉在心中猜測的同時，少女嬌小的臉龐轉向她。

也許少女臉上戴著面具，那並不是她的臉龐。雙眼沒有瞳孔，完全是一片金色，毫無表情的臉蛋完美無瑕，美得不像真人。

艾莉突然發現對方和自己長得一模一樣，但是她卻沒有任何反應。

──艾莉小姐，艾莉小姐，接下來才是開始喔。

時間開始倒轉，艾莉的意識開始模糊，接下來要動手術了。

這回我要生誰呢？

交通號誌轉綠，艾莉再度前進。她順利地開車回到滿月食堂之後，直接走進廚房，並沒有把準備中的牌子翻面。時間不知不覺地流逝，夕陽已經開始西下。

「今天沒有晚霞，明天一定會下雨。」

將太背對媽媽開口，艾莉只是模糊地應好。將太在家表示她去過托兒所把他接回來，但艾莉卻想不太起來到底什麼時候去接的。

「將太，媽媽晚上要出門，不好意思要讓你一個人吃晚飯了。」

「那我要吃蛋包飯。」

「我會做好放進冰箱，你再用微波爐熱來吃，小心不要燙傷了。」

「我知道。」

「沙拉也要吃掉喔。」

幫兒子準備好晚餐之後，艾莉換上領子完全包住脖子的黑色高領毛衣和深色牛仔褲。

「媽媽，妳穿那樣不熱嗎？」

兒子的聲音聽起來不甚關心，他手上的電動玩具是村下先生送的禮物。

（那個人對我們好究竟是好心，還是另有目的呢？）

艾莉一邊想，一邊走出家門。

*

那天夜裡，市立博物館發生竊盜事件。

老舊的博物館雖有警衛常駐，卻完全沒有發現有人入侵，幸好損失並不嚴重，整間博物館只有最上層的天文展覽室，有一個玻璃櫃完全破碎。

遭竊的登天隕石是十年前左右墜落於狗山一帶的隕石。自從開始在博物館展出之後，發生了好幾起關於隕石的怪談，但是現在知道怪談的只剩展覽主任一個人。

半夜被叫來博物館的展覽主任安慰表情僵硬的警衛説：「只有登天隕石遭竊嗎？那反而是幫我們驅邪呢。打起精神吧，不要這麼沮喪，沒關係。」

展覽主任仔細調整習慣配戴的領結，走向自動販賣機買了一罐咖啡。當他開始啜飲黑色液體，警察也終於抵達博物館。

警車紅色的警示燈在剛降下的雨中看起來像是火把般搖曳，警官身著看起來很熱的制服，身手矯捷地在博物館中調查，展覽主任感動地觀察一切。

「天文展覽室的玻璃破了，可是沒有發現其他異狀。」年輕的警官對展覽主任報告。

展覽主任還是悠哉地點點頭。

「畢竟那是妖怪隕石。」

所有的大門都上了鎖，只有位於博物館最上層的天文展覽室一扇窗戶破掉，那扇窗戶位於沒有任何凸起物的牆面，也沒發現任何人從屋頂入侵的痕跡。如果小偷是從打破的窗戶空降博物館，登天隕石又會加上一項新的奇妙傳說。

（小偷一定是有翅膀或是吸盤，要不就是像美國漫畫裡的英雄一樣。）

年輕的警官一邊測量隕石被偷走的展示櫃尺寸，腦中閃過這個笑話，不過又覺得一點也不好笑而閉上嘴。這裡是博物館的展覽室，到處都是指紋，被偷的又不過是個隕石，看來應該只會以書面報告結案。

（比起博物館的事情，署長更在乎遺體消失的主婦殺人事件。）

但是不管哪個案件，最後都會無疾而終吧。

警官想著想著，吞下一個哈欠。

*

那天夜裡，將太打電動打到很晚，艾莉也很晚才回家。

媽媽買給他的角色扮演遊戲比平常玩的動作遊戲難一點，但是一熱中起來也就忘了時間。明天也下雨的話，就可以繼續打電動……，將太心想。

6 登天郵局VS.狗山比賣

到了八月下旬，颱風時常來襲。

我披著黃色的雨衣，踩著腳踏車，冒著風雨去上班。

通往狗山是一條筆直的道路。飄盪於深灰色天空中的雲朵，移動速度比我的腳踏車還快。

稻田中的稻穗瘋狂搖擺，昨天晚上開始持續不斷的大雨讓田裡的水位高漲到路面上。路上雖然塞滿車子，但是騎腳踏車前往郊區只有我一個。

騎到狗山的斜坡時，路上只剩下我一個人了。這種日子當然不會有客人想要去山頂吧，正當我這麼想的時候，居然在山腳下看到玉枝老太太的黑色轎車，小小嚇了一跳。

（竟然敢比我晚來，是怎麼搞的！）

我一邊在心裡模仿玉枝老太太，一邊爬坡。

暴風雨中的山路到處都是雨水匯集而成的溪流，我下車牽著腳踏車爬坡，開始有些自暴自棄，於是我踏著進水的鞋子，像孩子故意去踩水窪，濺起水花。

當我好不容易爬上登天郵局時，玉枝老太太早已到了。

但是登天郵局的正面入口卻掛著臨時休息的牌子：「不分生死，本日不提供任何服務」。

（畢竟是山頂啊，颱風天連死者也很難來吧。）

身為生者的我卻一副剛游泳過來的模樣。我在屋簷下擰著濕透的襪子時，玉枝老太太從車子玻璃窗中向我招手。

「早安，不好意思，我遲到了。」

「這點小事無所謂。」

老太太一臉嚴肅地說完之後，又貼近我的耳邊小聲說：「今天早上這裡很奇怪，我來這麼久還是第一次遇到，真的是第一次遇到。」

準備周全的美穗子小姐遞上毛巾，老太太像在照顧孫子一樣地用力擦我的頭，最後她把毛巾放在緊張不已的我頭上，低聲對我說：「妳要當心啊。」

「咦？我要當心什……」

老太太意味深長地望向登天郵局，我順著老太太視線的方向，發現那裡的確發生了怪事。

我還搞不清楚狀況，老太太把一顆喉糖塞到我手裡，接下來就和平常一樣，率領媳婦美穗子小姐和司機回家去了。

「呃，請問大家怎麼了嗎？」

赤井局長看起來最奇怪。這種日子當然沒辦法做園藝的工作，但是為什麼要一臉緊繃地打扮成古裝劇裡的武藏坊弁慶（譯註：日本平安石代末期的僧兵，武術高強）的模樣呢？

青木先生的打扮好像是延曆寺的僧兵，頭上綁著名為袈裟頭巾的白布，白色的男用褲裙外頭再套上僧侶的法衣，赤腳踩著木屐。但是為什麼要打扮成這樣呢？

赤井局長的表情非常認真，表示他絕對不是在開玩笑。儘管赤井局長打扮成這樣很像菊人形娃娃，看起來有點好笑，但是現在不是能說這種玩笑話的時候。

「青木先生，究竟發生了什麼事呢？颱風來了有那麼糟嗎？」

「少囉嗦，局長接下來要訓話，妳乖乖聽就是了。」

青木先生狠狠地罵了我，可是我認真聽也聽不懂局長的訓話。

「各位同仁在惡劣的天氣之下前來上班，感謝各位的辛苦付出。本次颱風來臨之際又面臨危機，各位須冷靜以對，做好心理準備。」

赤井局長舉起手上的長槍敲敲地板，結果被自己敲打地板的聲音嚇到。

「面臨本局生死存亡之際，各位須有慨然赴死的覺悟，一同戰到最後。」

「難道是要去春鬥嗎？（譯註：日本勞工每年二月與資方交涉工作條件與薪資，稱爲春鬥）」

「當然不是。」

就連平常不見人影的鬼塚先生也來了。他之前三兩下就解決了一群不良歐吉桑，是登天郵局的重要警衛人員。但是今天正因為他也在，原本緊張的氣氛更顯得緊繃。且鬼塚先生看來心情很糟，他用想要呼人巴掌的眼神環視慌恐的眾人，隨即走進雨中，出門前留下一句話：「我去打獵。」

「打獵？颱風來的日子是要獵什麼呢？」

「鬼塚抓的通常是熊。」

「為什麼是熊呢？」

「妳這個笨孩子，我怎麼可能會知道。」

青木先生比平常更毒舌。我依舊丈二金剛摸不著頭腦，只好跑去找唯一可以搭話的登天先生。

登天先生和平常沒兩樣，溫柔地守護著大家。但是現在的他和燒篝火時不一樣，臉上一點笑容也沒有。

「登天先生，颱風來是那麼嚴重的事情嗎？」

「嚴重的不是颱風，是神明復活了。」

神明？

「神社蓋在狗山的神明嗎？十年前跟登天郵局發生土地糾紛的神社。」

「那位神明，也就是狗山比賣復活了。妳看到報導了嗎？」

「對不起，我對時事不是很清楚。」我想起求職時的面試，反射性地低頭道歉。

「那妳看看這個吧。」

登天先生遞出一份報紙，電視節目表頁面後方一篇很短的報導說明市立博物館展覽的隕石遭人偷竊。

「這是昨天晚上發生的事情。」

「呃，我還是搞不太清楚。」

登天先生的小眼睛浮現黯淡的神色，我也跟著一起難過道歉。

「對不起，對不起。」

「被偷的是登天隕石，那隕石就是……」

登天先生的話說到一半，就被客人尖銳的笑聲打斷。

兩名客人和我年紀差不多吧，時髦的服飾被雨淋濕，奔向郵局櫃台的模樣十分可愛。仔細一看，可以發現兩人手上都拿著小小的繪馬。

我慌張地回到自己的座位，和平常收取信件一樣，接下她們的繪馬。兩人的字跡斗大，不想看也會看到她們的願望。

讓我交到很棒的男朋友☆

我想找到工作！拜託！

戀愛和工作。這個年紀的女生看似各自擁有夢想，但想的事其實都大同小異。我腦中浮現這個想法時，青木先生在旁邊大聲罵著：

「妳們是白癡嗎？這裡不是神社！」

青木先生勃然大怒，額頭上還冒出好幾根青筋，揮舉拳頭恐嚇對方。手拿繪馬的客人嚇得跑向雨中，此時落下一道閃電，閃電的光芒如同刀劍，照亮大雨中玻璃窗外跺腳大笑的兩人。

「咦？」

兩位客人好像瞬間消失了。還是大雨害我看錯？

「狗山比賣是登天郵局的宿敵。」

原本只是觀看窗口的登天先生拉著我的袖子，要我坐到他旁邊。

「我們害怕的是狗山比賣，因為以前登天郵局曾經把狗山比賣趕出這塊土地。」

「但是……」

青木先生站在還是無法理解的我身後，不耐煩地插嘴：「狗山比賣昨天復活了，換句話說，原本被關起來的狗山比賣就要來這裡消滅我們了！」

「也太突然了……」

「現在還管什麼蚯蚓不蚯蚓的！（譯註：日文表示「突然」的諺語和蚯蚓的發音類似）」

「不過狗山原本是登天先生的土地吧？那個土地契約的誓狀，不是也找到了嗎？我知道登天郵局和神明發生土地糾紛，可是如果文件都備齊了，法律上就沒有問題了吧？」

「話是這麼說沒錯，但重點在於狗山比賣生氣了。」登天先生的聲音顫抖著。

「這裡一直到十年前都是狗山比賣的神社。」

狗山小雖小，也算是一座靈山，祭祀著名為狗山比賣的女神，其歷史悠久到不知由來。

但是後來發現這裡是連接陰間與陽間的少見地點時，決定設立陰間的駐在機關，也就是登天郵局。當初建設郵局的時候，毫不顧慮狗山比賣的神社，把它當做廢棄的房舍給拆了。

「是我思慮不周，當初對方問我能不能蓋郵局時，居然輕易地答應。」

登天先生陷入沮喪，就像幽靈真理子小姐一樣。

「這種情況不是應該在其他地方蓋神社，把神明請到新的神社嗎？」

「本來是打算這麼做……」

登天郵局雖然沒有惡意，但也處理得不周全。

「結果狗山比賣怎麼了？」

才開始施工，女神就化為隕石升天，不久便墜落。不虧是女神，變身的技術也十分高超，所有人都沒發現隕石就是女神，以為是隕石掉在此地，結果被送到博物館展覽。

「那顆隕石就是市立博物館的登天隕石嗎？」

說到這裡，我終於明白登天先生為什麼要給我看新聞報導，同時，我也想起在市立博物館聽到的隕石怪談。

「原來如此，原來那顆隕石就是狗山比賣。」

那座古老堅固的市立博物館，（當然）把暫時避難的狗山比賣當做一般的隕石展覽。而狗山比賣為了逃走，又是破壞展示櫃，又是讓電氣設備短路，或是使物體飛來飛去，引起各式各樣的騷靈現象，博物館的領結阿伯說的靈異事件就是起因於此。

狗山比賣拚命抵抗反而引起反效果，市立博物館的人員請來附近神社神官作法，以符咒封印，鎮住隕石。化為隕石的狗山比賣因此被監禁於市立博物館的天文展覽室。

「原本我們應該馬上解救狗山比賣，好好跟祂討論關於土地的問題，但是我們卻利用這件事情……」

「我們沒有幫助狗山比賣，還利用這點經營郵局長達十年……嗯，所以我們不但不是正義的一方，反而還犯錯了。」

「狗山比賣昨天晚上重獲自由了。」登天先生的視線再度回到報上。

「只有隕石被偷嗎？」

博物館裡還有許多其他值錢的東西，例如巨大的水晶、青金石的原石和有名的土偶等等，小偷對其他東西不屑一顧，只拿走隕石，還真是奇怪。

「對方不是普通的小偷，可能是和狗山比賣相關的人物。」

「想太多吧？搞不好犯人不過是單純的隕石迷。」

「無論如何，結果都一樣，重獲自由的狗山比賣一定會來報仇雪……」

天空再度發出閃電與巨大的雷聲，抹去所有的聲音，也讓我聽不見登天先生最後說了什麼。

打雷之後沒多久，青木先生桌子旁邊的補習機像是失去生命的動物，按鈕的燈光緩緩地消失，辦公室和大廳的螢光燈也突然一陣閃爍，然後整個陷入黑暗。

停電了。窗外的天空也變成黃色，出現幾道白色的霧虹。

「本來今天晚上應該看得見英仙座流星雨。」

我想起博物館天文展覽室張貼的海報。

鬼塚先生不知何時結束獵熊，回到郵局，大步走向我。

「安倍小姐，今天就先回去吧。預防萬一，由我來護送妳回家。」

「護送？」

鬼塚先生的發言和外表一樣誇張，認真聽會覺得很不好意思，不過這當下要是取笑人家，他應該會非常生氣。

「哦，好，等我一下。」

看到我準備收拾回家，青木先生叫住我。將之前美穗子小姐送的貴賓狗毛線娃娃塞到我手上。

「這些孩子妳拿著。」

「……」

我啞然地凝視青木先生之後，小聲地說「是」。

＊

鬼塚先生用赤井局長的輕型卡車送我回家。如同美國英雄漫畫男主角的鬼塚先生駕駛小巧的輕型卡車，不搭到簡直就像漫畫。貨台上放著我的腳踏車，就跟我第一次來到登天郵局時一樣。

那天是最初，今天是最後。

這句話突然湧現心頭，讓我驚慌失措。

「怎麼了嗎？」

「鬼塚先生你該不會是妖怪吧？然後赤井局長是紅色妖怪，青木先生是青色妖怪。」

我為了隱藏內心不祥的想像，刻意問這個問題，其實我之前早就想問了。

「妳阿呆喔。」鬼塚先生噗哧地笑了。

「青木是烏鴉，赤井是虞美人。」

「虞美人？就是每天我們在花田裡照顧的那個虞美人草嗎？」

「青木是烏鴉。」鬼塚先生重覆一次。

是小猴子啊。

我才不是小猴子，我是人類。我是蝶田小學二年一班的安倍梓。

小學二年級遠足時，我在狗山遇到瀕死的烏鴉。我突然想起之前青木先生也曾經和那時候一樣，叫我小猴子。

「原來如此、原來如此。」

我在心中把對我說「改天再見吧」之後就死去的烏鴉和毒舌的青木先生重疊，胸口不禁熱了起來。

「原來如此，原來青木先生是烏鴉啊。」

「他以前是狗山比賣的侍從，結果因為一點小事冒犯狗山比賣而被處死。」

鬼塚先生又加了一句青木會特別怨恨狗山比賣也是因為如此。

「青木快要死的時候好像遇到妳，不知道妳還記不記得，那時候妳還很小。」

我還記得，就像我一點也不覺得跟烏鴉講話很奇怪一樣，就算鬼塚先生告訴我青木先生是當年的烏鴉，我也馬上就能理解。

「青木先生從一開始就認出我了嗎？」

「當然。」

「可是他遇見我的時候還是烏鴉。」

「真是麻煩，只有人類才沒有前世的記憶。不過對你們而言，也許這是必要的退化。」

「正因為記得，青木先生才格外照顧妳。」鬼塚先生的聲音稍微柔和了一點。

「總之妳不要再跟登天郵局扯上關係了。」

不，我想那應該不是照顧。

「你這麼說我很困擾，畢竟我找不到工作，能去的只有登天郵局了。」

「蠢東西！」鬼塚先生訕訕地笑了。

「都到這一步了，還把我趕走，也太見外了。」

「妳是認真的嗎？」

「啊！但是該不會要我活人獻祭或是活生生地拿走我的肝吧（譯註：古代日本人相信從活著的猴子身上取下的肝具有藥效）。」

「現在應該還不會走到那一步。」

鬼塚先生認真的回應，嚇得我連忙換話題。

「為什麼狗山比賣現在才發起行動呢？」

「因為前一陣子博物館重新裝潢，封印隕石的符咒因此剝落了，敵人應該是從那時候恢復了一點力量，結果祂利用那一點力量操控人類，被操控的人就是這次偷隕石的小偷。」

「原來如此。」

展覽隕石的櫃子所貼的符咒確實有些剝落。

我想起時不由得拍了一下手，鬼塚先生惡狠狠地瞪了我一眼。

「然後是那個金印。」

鬼塚先生說起我找到的金印。我當初在神社遺址找到的豪華金印上刻著「狗山比賣命」。至今還不到一個月，感覺是在懷想很久以前的事了。

「刻意讓妳找到金印可能是狗山比賣的宣戰。」

「難怪赤井局長和青木先生臉色都變了。」

我明明找到很了不得的寶物，卻沒有人誇我一句，令我有些不滿。

「因為他們是虞美人和烏鴉啊，膽小得很。」鬼塚先生冷淡地說。

「狗山比賣一定會找上登天郵局，所以妳絕對不要再接近狗山。」

「局長說要登天郵局的同仁一起戰到最後一刻，所以無論如何都得和狗山比賣開戰嗎？難道不能好好坐下來談，跟對方說聲對不起不就好了？」

握著方向盤的鬼塚先生又瞄了我一眼。可能是閃電映射在眼瞳上的關係吧，鬼塚先生的眼白看起來散發金光。我不知如何面對尷尬的氣氛，只好拿出老太太給我的喉糖，放入口中，強烈的薄荷味害我一直打噴嚏。

「鬼塚先生，打仗只會兩敗俱傷。」

「可笑！」

「和神明打仗，如果輸了會怎麼樣？」

「妳覺得我們會輸嗎？」

我身為人類的常識性發言徹底把鬼塚先生惹毛了。

「錯的不是登天郵局嗎？只要老老實實道歉……」

「如果妳還想講這些討人罵的話，不如去死，投胎轉世後再來找我。」

「所以如果萬一輸了會怎麼樣呢？」

大雨嘩嘩直下，鬼塚先生瞪視擋風玻璃，沉默一會兒後開口：

「輸了的話，狗山神社便會復活，登天郵局則會消失。」

「消失？」

正當我重述這個字時，感覺心中有道亮光也如同謎樣的補摺機一樣失去亮度——死了般地消失。

＊

我在公園附近的便利商店，掏出皮包裡所有的零錢，買了啤酒回家。

「找您二十一圓，小姐、小姐？」

我明明精神渙散到忘記拿找錢，心情卻很緊繃。擦身而過的高中生說話像在恐嚇我，交通號誌的紅燈看起來也非常不吉利。

（好想趕快喝啤酒。）

喝醉睡著的話，今天發生的一切都能當做一場噩夢吧？跳過今天直接變成明天的話，關於狗山比賣的問題都會消失吧？還沒開始喝就想喝醉以後的事情，手機響起〈魔王〉的鈴聲。我心中升起一股不好的預感，趕緊抓起手機。

「小梓，妳有空嗎？」艾莉的聲音摻雜笑聲。

緊張的情緒突然融化，我整個人躺在房間地上打滾。艾莉身邊傳來孩子撒嬌的聲音和充滿活力的卡通歌。

「我今天要幫將太舉辦生日派對，妳要來嗎？只有我們兩個人有點寂寞。」

「我有空，馬上過去，請讓我參加。」

我話還沒說完，就把一手的啤酒塞進包包裡，衝出公寓。想到一個人躲在家裡煩惱分不清是現實還是幻想的事情，還不如去找艾莉和將太胡鬧。

（我現在想要的就是自己的歸屬之地。）

我連自己所屬的地方究竟是現實還是幻想也不知道。登天郵局現在不需要我，就連怨靈真理子小姐也不來找我，我受不了這樣的情況，一個人獨處會讓我害怕到不知所措。

我家離艾莉家兩個巴士站。就連靜靜等巴士都讓我受不了，於是我撐起傘走向艾莉家。雨漸漸變小，一路也都是綠燈，雨水打在傘上的聲音讓我的腦袋逐漸空白，心情平靜下來。

「哦，妳來啦，謝謝妳來，我做太多菜了。」

艾莉站在後門附近的流理台前，以充滿活力的聲音招呼著我。

滿月食堂後方是兩房一廳的居家空間，也是艾莉母子的家，老舊狹窄卻滿是生活的痕跡，讓人感到舒服。

「阿姨！」

我一跨過後門，將太就朝我衝過來。我一邊穩住身子，一邊把當伴手禮的啤酒拿給艾莉。

「小梓，有罐啤酒的拉環拉到一半吔，該不會我打電話給妳的時候，妳正要喝吧？」艾莉笑了出來。

「嗯，對啊。」

我有點緊張地窺視艾莉的笑容，因為她昨天跑來登天郵局，赤井局長將她催眠，使她忘記關於登天郵局的一切。

「小梓，我們好久沒見了。」

「好久不見……」

「我們自從中元節之前討論殺人事件以來就沒見過了吧。」

看來赤井局長的催眠很成功。

鬆了一口氣之後，今天卡在胸口的所有擔心都逐漸舒緩開來。我邊和將太玩邊走向餐桌，眼前滿是可直接刊在食譜書裡的手作料理，讓我看得忘我。

「看起來好好吃喔。」

古老的圓形矮桌上放滿用心烹飪的料理，對於還在上托兒所的將太和嬌小的艾莉而言的確太多了。

「開食堂是不錯，不過我曾經想從事正式的料理工作——可以說是我的夢想吧。」艾莉邊舀起蕪菁濃湯邊說。

等不及的將太把手伸向烤牛肉。

「我長大了要當鯨魚。」

「很獨特的夢想呢。」

「鯨魚很大很帥啊。」

「人類要變成鯨魚很難喔。」

「阿姨的夢想是什麼？」

將太把話題轉到我身上。坐在對面的艾莉裝出敲將太額頭一記的模樣，念了一句：「要叫姊姊。」

「嗯，阿姨啊……」

濃湯好喝到讓我沉醉地點頭。艾莉把盛了炊飯的飯碗遞給我，充滿好奇的雙眸凝視著我。

「找到自己的夢想好難。」

我認真思索之後，還是一點想法也沒有，腦中稍微閃過的是赤井局長誇獎我的樣子。

「我的夢想應該是不和任何人起衝突吧。」

「沒有更大的夢想嗎？例如當太空人之類的。」

想當鯨魚的小男孩忘記自己天馬行空的夢想對我說。

「小梓，不和任何人起衝突也是很了不起的夢想喔，只是要實現應該和當鯨魚一樣困難。」

「老實說，其實我根本沒什麼夢想。」

說出來之後，我馬上把炊飯塞進嘴裡。夏季的炊飯有點生薑的味道。我說好吃，艾莉一臉開心。

「那也很好啊，畢竟擁有夢想和希望是很危險的。」
「是嗎？」
「夢想實現當然是很了不起，可是想要實現夢想一定會和人起衝突，因為夢想是競爭獲勝之後的獎賞，不入虎穴，焉得虎子吧。」
「是嗎？」
艾莉是在否定擁有夢想這件事嗎？應該不是吧。
「阿姨妳想看這個吧？」
嚴肅的話題讓將太失去興趣，於是他拿出事先準備好要讓我看的串珠小盒。
要是平常的話，艾莉一定會生氣開罵：「要玩還是要吃選一個」，但因為今天是他生日就睜一隻眼閉一隻眼。她雖然嘀咕：「啊，將太，那個很噁心吔」，將太也絲毫不在意。
「這是什麼？」我看了也笑了出來。
乒乓球大小的珠子如果是串成醒目的桃子也就算了，設計圖上還畫了狗吃的牛皮骨頭、漢堡、搞不清楚是冰淇淋還是大便的螺旋、不知道是甲蟲還是蟑螂的昆蟲、蛇和凸肚臍等等。

「我兒子真是個白癡。」

艾莉一臉厭惡的樣子，將太也生氣地回嘴：「白癡是什麼意思？」

「這是我要送給媽媽的禮物。」

「將太，媽媽真的不想收到這種禮物。」

這是將太上的托兒所的傳統，在創所紀念日贈送小朋友親手做的飾品給父母。

「因為是大班小朋友的活動，有點像提早半年的畢業作品。飾品有各種形狀，是小朋友一起討論的結果。小女生都是收集花朵圖案或是可愛的小東西，我家兒子選的都是大便和蟑螂……」

「媽媽，我們趕快吃蛋糕啦。」

將太把媽媽的抱怨當作是她在害羞，指著冰箱微笑。

蛋糕上用巧克力寫著「Happy Birthday Shota!」，旁邊站了六根小蠟燭，砂糖做的火箭和鯨魚依偎在蠟燭旁邊。

「希望阿姨的夢想可以實現。」將太一邊說一邊把可愛的火箭放在我的盤子上。

正在分蛋糕的艾莉回頭看看壯碩的西瓜說：「接下來應該吃不下西瓜了吧。」

「我的肚子還有空間放西瓜。」將太整張嘴都是奶油。

我們一邊看怪獸電影的DVD，沒來由地聊到博物館隕石的事情。

「聽說有小偷闖入市立博物館，偷走展覽的隕石，其他東西都沒事，就是隕石不見了。」

「嘿，怎麼會有這種事？」

「偷了隕石是要幹嘛呢？」

「嗯，我也不知道。」

「妳知道隕石的名字是來自墜落地點附近的郵局嗎？」

我說起領結阿伯告訴我的故事，艾莉一臉興味昂然地聆聽我的說明。

將太在太空怪獸開始破壞城市的時候打了一個大哈欠，像是沒電的玩具，進入夢鄉。他把我伸直的雙腿當作枕頭，小小的腦袋在我身上翻身。

看看還沒切開的西瓜和開始小聲打呼的將太，我們一起露出微笑。

「艾莉，我也差不多該回家了。」

我對著正從壁櫥裡拿出棉被的艾莉背影，如是說道。

「等一下等一下，等我把將太的被子鋪好。今天晚上不是看得見英仙群流星雨嗎？雨好像也停了，應該可以看到吧？」

「咦，艾莉也對流星有興趣啊？」

「我也不是對流星很有興趣，只是剛好看到海報，想說還有流星雨啊，每年流星雨都會造訪地球，妳不覺得很奇妙嗎？」

「嗯。」

我想起在市立博物館看到的流星群觀測會的海報。那時候我眼角餘光看到異於海報的景象，出現的是身穿獅子圖案刺繡和服的古典少女。現在想起來，那應該就是符咒剝落而逐漸恢復力量的狗山比賣吧。

（我在狗山休息站好像也看過她，還有我家洗臉台的鏡子。）

當我和登天郵局那群奇妙的員工一起度日時，狗山比賣也燃起復仇的慾望，等待著復仇機會出現吧。

狗山現在也許已經開戰了。

（狗山比賣不願意原諒我們嗎？）

秋去冬來，我開始想像在寒風中騎著紅色腳踏車的自己。割完稻之後的稻田一定很寂寥，我也穿著一身厚重的衣物，頂著紅通通的鼻頭……

（開戰之後，登天郵局還保得住嗎？）

我翻了翻掛在牆上的卡通月曆。

十月超人在果園裡採果；十一月超人仰視紅葉山林；十二月超人幫聖誕老公公跑腿。

（咦？）

十二月十七日的下方是艾莉沒有稜角的筆跡，寫著「將太的生日」。我望向圓形矮桌上沒有吃完的蛋糕。

Happy Birthday Shota!

我的胸口突然湧起一陣騷動，我搖了搖出現醉意的腦袋，又看了一次眼前的月曆和生日蛋糕。今天不是真的要慶生。

（對流星沒興趣的艾莉究竟是在哪裡看到流星群觀測會的海報呢？）

會不會是我第一次看到狗山比賣幻影的地方？那不就是登天隕石遭人偷竊的市立博物館天文展覽室嗎？

（等等！得思考其他的因素。）

艾莉昨天為什麼到得了登天郵局？

該不會是有人施力，將她帶到登天郵局來吧？之後，再讓艾莉偷走市立博物館的隕石——也就是狗山比賣。

「妳發現了？」

原本在隔壁寢室鋪棉被的艾莉走回我身邊，雖然面露微笑，卻是個陌生人。不，我認得這個人，我見過她三次。

（算人嗎？）

對方不是人。

她身穿獅子刺繡圖案的厚重衣物，白皙的小臉蛋簡直就像面具。

「妳該不會就是狗山比賣吧？」我的聲音聽來虛弱得可憐。

但是我的聲音在瞬間成為啟動暗號，眼前的一切隨之改變，原本慘白的螢光燈化為無數的紅色蠟燭，照亮迥然不同的景象。蠟燭的煙霧當中出現的不是兩房一廳的木造建築，而是凹凸不平的岩洞，前方有一個漆黑的開口，看來簡直就像洞窟。我沒有空思考為什麼艾莉的家會變成洞窟。搖曳的燭火照亮天花板上布滿類似泥酒瓶的東西。

小小的泥酒瓶上全是人臉，左顧右盼的眼睛，喜怒哀樂的表情，嘴巴似呢喃的聲音或微笑或嘆氣。不知為何，所有聲音聽起來合為一：

「看吶，梓子，多丟人，我的棲身之地是如此殘破。」

天花板的泥酒瓶看來是狗山比賣的擴音器。

我還是沒有空思考理由。

「呃，這裡不是滿月食堂老闆艾莉的家嗎？」

泥酒瓶和狗山比賣似乎覺得我的問題很可笑，彼此對看之後發出竊笑。

原本睡在隔壁房間的將太也變成等身大的泰迪熊。

（這是我安倍梓人生中最大的危機。）

逃吧！

正當我準備要逃走時，狗山比賣伸出纖細的手，拿走我的帆布包。她熟練地操作手機，望向我燦爛一笑。

「喂。」

泥酒瓶開始唱歌。

（不入虎穴，焉得虎子。）

艾莉剛剛說的話又浮現腦海。

我雖然常常去市立博物館，卻總是忽略放在展覽室角落的登天隕石，然而登天隕石也許很久以前就看上我了。

（這是神的旨意嗎？）

我突然覺得，也許就連我去登天郵局工作都是狗山比賣的安排。換句話說，說不定這一切打從開始就全都是狗山比賣的計謀。如果真是如此，赤井局長等人其實也一直在狗山比賣的操控之中。那時登天郵局的所有人聽到我用傳真遞辭呈失敗和郵筒遭人撤走都是一臉大惑不解的表情，當時我覺得是大家聯合起來說謊，現在回想起來，原來赤井局長他們並沒有騙我。

（一定也是狗山比賣派我去找木牘。）

正是因為如此，狗山比賣在博物館和狗山休息站才會跟著我。

（我一開始一直把纏著我的真理子小姐和狗山比賣混為一談，所以才這麼晚發現狗山比賣。）

真理子小姐雖然是來拜託我，可是狗山比賣不也是要利用我嗎？艾莉之所以被捲入事件應該是因為恰好在我身邊，我才是一開始狗山比賣委以重任的人。

第一個任務就是找到狗山的土地權狀——木牘，第二個目的是……

狗山比賣優雅地舉起我的手機。

「登天郵局的各位，你們重要的伙伴梓子現在在我手上，我將會前往貴局領取木牘。如果各位乖乖地把木牘還給我，我就不會對這女孩出手，同時也能網開一面，原諒各位過往無禮的行為。」

透過泥酒瓶擴音器傳來的聲音，就像管風琴或是男女混聲的美聲合唱，拖長的尾聲最後終於化為超越人類音頻可接收範圍之外的低沉重音。

比正午的陽光更為明亮的光線瞬間充斥燭光搖曳的空間，四周又立刻陷入黑暗。

（果然如同我所料嗎？）

狗山比賣賦予我的第二個任務是成為登天郵局的員工。不論是赤井局長老對我亂捧一通，還是青木先生毒舌吐嘈我，狗山比賣都耐心地等待我逐漸成為登天郵局的一員，等到登天郵局的員工都當我是一分子之後，狗山比賣就把我抓起來，作為談判的籌碼。

「祢這樣是作弊！」我憤怒地向神明抗議。

「閉嘴！」

洞窟的紅色火光全部消失之際，全市也停電，原因不明。

田。

＊

再度出現的光線如雨水般，從天而降。我們來到登天郵局後方寬廣的花田。

我和狗山比賣一起坐在小步迷路時來到的涼亭。

狗山比賣非常溫柔地握住我的手，但我無法動彈。耳邊傳來狗山比賣柔弱的歌聲。歌曲雖然古老而悲傷，她的好心情依舊透過手心傳遞給我。

從天而降的光線應該是預告說的流星群吧，如同白針的掃把星紛紛在空中劃出軌道，在黑夜中奔跑。

亂流穿過黑暗的花田，使得赤井局長種植的夏日花草紛紛朝不同的方向搖晃，每朵花看起來都像散發燐光。奔跑於天際的白色光線和地上搖曳的燐光花朵，一同照亮比花朵也比流星還美的狗山比賣。

相同的光線照亮來到紫花小徑的四人人影，大家排成直線，一同搬著有衝浪板那麼大的木牘。

領頭的是鬼塚先生。他身上的服裝正像我剛剛和將太一起看的超人一樣華麗，另一隻手擺出戰鬥姿勢。

（果然是個怪人。）

接下來是赤井局長，依舊打扮成武藏坊辨慶的樣子舉著長槍，一臉悲壯。看似害怕的局長一邊偷瞄領頭的鬼塚先生，一直嘀咕。在距離上我應該聽不見局長說話，但卻清楚得像是局長在我耳邊發言。

「喂，鬼塚，對方手上有人質，我們的優先任務是救出人質，所以就乖乖聽對方的要求吧。」

站在赤井局長身後的是好似海上遇難者死抱著浮木般抓住木牘的青木先生和登天先生，走到花徑轉彎處，兩人的半個身子都被藍色的大飛燕草遮掩，看起來真的像是在海裡載浮載沉。青木先生害怕到以假音贊成局長的提議，登天先生則緊繃到像個木雕。

然而鬼塚先生絲毫沒有聽取同伴意見的意思。

「我無法在開戰之前就投降！你們也知道登天郵局是陰間與陽界的交

界；那女孩雖然不是正職員工，但也是有求於登天郵局的生者之一，她應該已經做好不得已的時候必須為郵局犧牲的覺悟，她本人也這麼說過。」

（我可沒說！）

聽到鬼塚先生的發言我不由得慌張起來。狗山比賣俯視著我，美麗的臉龐扭曲地令人害怕。

「梓子，妳聽見了吧，對方的回應很冷淡呢。我本來也是下了苦心，希望事情能夠順利解決。」

狗山比賣細長的眼睛緩緩望向長椅旁邊，將太化身的泰迪熊，天真地攤成大字型躺在地上。

束手無策的我無力地望向遠方。

隱身在黑暗中的紫色洋裝一閃一爍，狂風帶來燒焦的氣味。

（啊！她也跟到這裡來了。）

真理子小姐抓緊地獄極樂門望向這裡，一頭燒焦的頭髮隨風狂舞。

（這裡很危險，趕快逃啊！）

我揮手要真理子小姐逃走，她卻張大眼睛搖頭拒絕。

「上啊！」

正當我將注意力放在真理子小姐身上時，鬼塚先生突然衝了過來。

不得已只好一起衝鋒的赤井局長發出帶著哭調的吼叫聲衝過來。局長辛苦栽種的花朵被腳下的旋風掃到，搖晃得更快了。

一切的景色讓我頭昏轉向，赤井局長和鬼塚先生卻像暫時停止動作一樣——也許那一瞬間，時間真的暫停了。

原本躺在地上的泰迪熊突然站了起來。究竟是我的眼睛看錯，還是狗山山頂發生了超乎人類常識的事情呢？原本跟將太等身大的泰迪熊，變得跟將太喜歡的怪獸電影裡的怪獸一樣巨大。泰迪熊踏出可愛的步伐，用可愛的雙手舉起赤井局長，張開嘴巴咬下去。

啊————！

除了狗山比賣之外，所有人都發出哀號聲。但是我們除了哀號之外，全然束手無策。泰迪熊咀嚼赤井局長的聲音比我們的哀號更加響亮。泰迪熊用相同方式吃掉鬼塚先生時，我連哀號聲都發不出來。可愛的熊嘴裡掉出不知道是誰的手臂，熊娃娃這個時候毫不客氣地撿起掉落的肢體，放入口中。

耳邊傳來尖銳的風聲。風聲化為隱形的鐮刀，帶走周遭的一切，割走花田中的所有花朵，青木先生的身體隨之分解，登天先生也失去蹤影。

「…………」我發出無聲的尖叫。

花朵化為巨大的光柱，飛上天空；滿天的流星化為雨水，降落地面。

「這裡、這裡。」有人用力抓住我的手，拉著我跑。不是剛剛抓住我的狗山比賣，而是一隻更加纖細冰冷的手。等我發現的時候，已經沒頭沒腦地跟著跑起來。跑到一半我絆到木樁而踉蹌，一頭撞上對方的後腦杓。燒焦的頭髮雖然讓我鼻子發癢，卻沒有打噴嚏，腳尖撞到木樁的疼痛讓我掉下眼淚。

我的胸部和腹部正好抵在對方薄如紙、瘦骨嶙峋的背部。

「沒關係，命保住就好。」

我想真理子小姐應該是要說「先保住命才有以後」，明明她自己都已經死了。

（這裡是？）

我們穿過古老神社旁邊的道路。我在夜晚的坡道上流淚，任由真理子小姐拉著我跑。

花朵和流星都消失無蹤，只剩下有些削瘦的月亮照亮人間。

「沒關係，沒關係，命保住就好。」

真理子小姐像哄小寶寶一樣，一直對我說這句話。

7 未完待續

爸爸，爸爸，魔王要來抓我了！

電話和鬧鐘的鈴聲同時鳴聲大作。

我迎接生涯最糟的早晨，一邊匍匐前進，一邊撞倒亂丟在地上的空啤酒罐，抓住窗簾一角用力一扯。早已高高升起的太陽拉開我沉重的眼皮，我環視地上躺了六罐五百毫升啤酒空罐的房間。

這些啤酒原本是我拿去艾莉家的伴手禮。我去艾莉家吃了將太的生日晚餐，也吃了生日蛋糕，艾莉化身為狗山比賣，將太變成泰迪熊，吃掉赤井局長等人。

魔王的魔手好可怕！

「吵死了！」我一手抓住鬧鐘往地上敲，另一隻手按下手機的接聽鍵，讓〈魔王〉的歌聲安靜下來。

「小梓，妳竟敢無故蹺班，趕快給我來上班！」尖銳的聲音刺激我宿醉的腦袋。

「艾莉？」我嚇到用假音呼喚對方的名字。

「妳說上班是怎麼一回事？」

「妳在說什麼？妳從七月開始就一直在我們食堂打工啊。」

「我在滿月食堂打工？」

「妳沒事吧？睡昏頭了嗎？」

我緩緩吐出堆積在肺部的空氣，又再次深呼吸。

狗山比賣實在是體貼到不行，不僅洗掉我在登天郵局的日子，還為我準備好其他的日常生活。

（我不會上當的！）

我冰冷的手指無意義地搓揉膝蓋。

「艾莉，狗山比賣還附身在妳身上嗎？將太吃了那麼多東西，沒問題吧？」

一如所料，沉默的問號排山倒海而來。

「呃，妳昨天化身為狗山比賣對吧？將太不是把赤井局長跟鬼塚先生都給吃了？而且還是連骨帶衣服生吃。」

「等一下，小梓等一下，妳沒事吧？該不會是人不舒服所以起不來？要是一個人去不了醫院，我可以陪妳去。」艾莉在電話的另一頭不知所措。

「把一切都忘了吧。」

在艾莉擔心的聲音背後，似乎聽得到狗山比賣對我這麼說。

＊

結果我稱謊感冒，請了一天假。

跨上紅色的腳踏車，朝熟悉的低矮山丘前進。因為已經過了通勤時間，稻田當中的筆直道路一片寂靜。

昨天明明大雨傾盆，今天的天空卻是一片蔚藍，全身都可以感受到高高升起的太陽所帶來的炎熱，但是這股炎熱已經不是盛夏的炙熱。秋天來了，黃色的波斯菊悠哉地搖晃，令人感到無限寂寞。

在叉路右轉，眼前馬上出現陌生的石梯。我把腳踏車停在山腳的草叢。爬上狗山時，可以感受到氣氛已經截然不同，如空氣般融入風景當中的秋季昆蟲，發現我的到來而停止鳴叫。

老舊的石梯因為長時間行走而磨損。我大步踏上石梯，巨大的綠胸宴蜓從我眼前飛過。數種綠色植物形成綠色的簾幕，散發夏日的氣息。石梯上沒有一滴水氣，彷彿昨天沒有下過雨。

山頂沒有登天郵局，也沒有一望無際的花田。紅色油漆剝落的鳥居佇立在一小塊平地上，穿過短短的參拜道路就是神社。

「狗山神社」古老的木頭匾額上寫著難以辨認的文字，勉強看得出來是狗山神社。我隱約記得這番景象，記憶被刷新成這裡從頭到尾都是狗山神社。神社兩旁張開枝枒的老樹也表示這裡絕對不是一夕之間形成的風景，現在變成登天郵局從來不曾在這裡出現。今後登天隕石不會回到市立博物館的天文展覽室，警察也絕對不會抓到偷隕石的小偷吧。如果有人在以前的報紙或是資料上找到隕石遭竊的報導，狗山比賣也會悄悄修正他的記憶吧。

（就像艾莉的記憶一樣、就像眼前的風景一樣。）

一陣冷風吹拂我的臉頰。

拜殿（譯註：神社本殿前方用於參拜的建築物）前方的空間非常狹窄且昏暗，我感受到某種東西——不是人也不是植物之存在而動彈不得。

不明的氣息突然靠近我的肩膀。

「嗚哇！」

我嚇得跳了起來，結果一回頭發現一張臉近在眼前。那張臉雖然美麗，卻浮現屍斑。

「真理子小姐！嗚哇！真理子小姐，妳沒事吧？」

我忍不住抱住真理子小姐散發焦味的肩膀，對方也虛弱地對我開玩笑：

「雖然我已經死了，但是沒事。」

我把臉貼在真理子小姐的胸前，大聲哭泣。淚水完全濡濕她燒焦的衣物，真理子小姐依舊溫柔地撫摸我的頭。

我本來還想哭一會，真理子小姐的喉頭卻出現異狀、開始上下蠕動。

「怎麼了？妳怎麼了？」

真理子小姐臉上的屍斑愈來愈深，瞪大的黑眼珠下方露出眼白。她突然像是快要嘔吐的孩子一樣張大嘴巴，發出沙啞的呻吟。

我還在想眼前究竟發生什麼事，真理子小姐已從喉嚨深處吐出顏色鮮豔的念珠。

（那是之前給我看過的黏呼呼念珠。）

這是島岡真理子遭人殺害的證據。

真理子小姐把沾滿噁心黏液的念珠遞給我。

「這個給妳……」

我一路後退，跌坐在神社的石梯上，用力搖頭。

「不用、我真的不用。」

「可以聽我說嗎？」

真理子小姐刻意蹲下，好和我四目相對。

「我的女生朋友就只有妳一個人而已。活著的時候，我一個女生朋友也沒有。從以前開始我就一直很想要有個像現在這樣真心在我面前哭泣的朋友，這是我的夢想。」

「夢……想？」

艾莉說夢想是必須和他人競爭才能獲得的結果，不過因為那是她昨天晚上說的話，也許那是狗山比賣的想法。

相較之下，真理子小姐的夢想多麼渺小。

（這個人該不會……）

我也許至今一直誤會她了。真理子小姐找我其實不是為了成佛，只是想跟我當朋友。例如像讓我記住老歌，或是將她喜歡的果汁介紹給我，其實都不是要我幫忙找兇手，一切不過是她表達親切的方式。

面對茫然的我，真理子小姐露出害羞的表情。

「我想送妳點什麼，感謝妳願意和我當朋友，可是我家被燒掉，我手上空無一物……如果真的覺得很討厭，我也不會勉強妳。」

「不不不，我收下、我收下，謝謝妳。」

我將兩張衛生紙重疊，恭敬地接下黏呼呼的念珠。

「既然都來了，我們就去拜一下吧。」表情格外開朗的真理子小姐提議。

我雖是滿懷感激卻也不知該如何處理念珠，但一聽到真理子小姐說的話，我氣得憤然抬起頭來。

「真理子小姐，妳人也太好了。這傢伙是敵人啊，是消滅登天郵局的人，她還殺了赤井局長一行人吔！」

「不可以用這傢伙來稱呼神明啦。」

真理子小姐站在香油錢的箱子前，伸出慘白乾瘦的手掌。

我嘖了一聲，從零錢包裡掏出兩枚百圓硬幣，把其中一枚遞給她。

「希望可以找到殺我的兇手。」

「希望登天郵局能夠回來。」

我們拍手之後雙手合十，各自祈禱心中的願望。

可能因為我的願望觸怒了狗山比賣吧，回去的石梯上明明一片平坦，我卻絆倒了。

「誰會來這地方呢？」

我們走到山腳，發現石梯旁停了一輛白色車子。關上的車門前方站了一名女子，帶著國小年紀的男孩。我雖然沒有見過那名女性，看到男孩卻驚訝得叫了出來。

「請問這山上是不是有一間郵局？」

約莫小學一年級的小男生害羞地問我。他沉穩的態度雖然和我認識的活潑男孩完全相反，但是長相就像同一個模子印出來的。

「是我弟弟告訴我這裡有郵局。」

「你該不會是小步的哥哥？是他哥哥對吧？」

我開口就問，一旁似是他母親的人既不解又驚恐。

「沒、沒事，沒事。」我不知道該如何說明，只能不斷向母親說沒事後，蹲在小男孩面前。真理子小姐雖然知道對方看不見，還是跟我一起蹲下。

「小步很高興收到哥哥送給他的睡衣，還說他最喜歡哥哥，你看。」

我掏出口袋中的手機，想讓小男孩看那張被罵不可以卻還是拍下的玉枝老太太和小步的紀念照。

可是我遞給他看的畫面卻變成我抱著泰迪熊傻傻地笑的照片。無論我怎麼找，都找不到那張被赤井局長責罵的照片。

「沒關係，沒關係。」

耐著性子低頭看著我們的母親阻止了我，她一定覺得我很奇怪吧。我擔心自己怪異的行為是否嚇到他們時，小步的媽媽卻已笑中帶淚。

「這孩子說在夢中見到弟弟。」

「嗯，真是太好了。」

「謝謝你們照顧小步，真的很謝謝你們。」

「嗯。」

我像個笨蛋，只能回說「嗯」——其實這裡原本是個很美的大花園，花園裡有間不可思議的郵局，小步很有精神，不僅偷走青木先生的零食，還把登天先生的鼎藏起來，害我們找得很辛苦。雖然玉枝老太太送了小步漂亮的新衣物，可是最後他還是穿著哥哥的睡衣去了天堂——我雖然有許多話想說，卻一個字也說不出來。

「登、登天郵局已經消失了，對不起。」

我只能一直鞠躬道歉，直到他們阻止我，要我停下為止。

＊

我回到家已經是中午過後。

快到家時，原本坐在腳踏車後座的真理子小姐不知不覺便消失了。我的心情依舊混亂，煩燥到什麼也不想做。拿出冰箱裡過期的布丁和茶碗蒸，一口氣把它們都吃了。不知為何，茶碗蒸吃起來像布丁，難道這也是狗山比賣的詛咒嗎？

我吃到一半，拿出真理子小姐給我的噁心念珠，一邊吃一邊看，但是我已經不會覺得念珠很骯髒或噁心了。

只是覺得有些奇妙的是，念珠上的黏液似是幽靈的一部分，洗了之後還會再繼續分泌，想到黏液也是真理子小姐部分的遺憾，就無法說是奇妙了。

「嗯？」

當我吞下最後一口布丁味的茶碗蒸時，眼皮突然擅自眨了起來。

「咦、咦？」我的胸口突然升起一股騷動。

本來以為是食物的奇怪搭配引起噁心，摸了摸胃卻又不想吐。由於心悸一直好不了，我也愈來愈著急。儘管如此，我的視線卻無法離開那黏呼呼的念珠。

念珠裡一定隱藏了什麼線索。

我丟下布丁和茶碗蒸的杯子，拿起黏不溜丟的念珠仔細研究，毫不在意會弄髒雙手，清楚感覺到我拿著念珠的雙手脈搏跳得愈來愈厲害。

儘管這是友情的證明，同時也是麻煩的禮物。我是不是遇過類似的情景和聽過相同的話呢？昨晚的記憶遭到狗山比賣破壞而陷入一片混亂，重要的線索應該就隱藏在混亂的遺忘與記憶之間。

念珠一定隱藏了什麼線索。

——將太，媽媽真的不想收到這種禮物。

「啊啊啊！」

我大叫，手一邊伸進口袋裡掏手機。

「妳怎麼了？感冒好了嗎？」我打電話到滿月食堂，艾莉問道。

「艾莉，不好意思、不好意思請問妳一個問題。」

興奮過度的我一直結結巴巴。

「將太上的托兒所叫什麼名字？大班的小朋友在創所紀念日送家人的飾品，上面有托兒所的所徽對吧，上頭是什麼圖案？」

「我們家上的是桃生托兒所，桃花當中畫了個桃子。怎麼了嗎？」

真理子小姐送給我的念珠上也有一模一樣的圖案。原來化為怨靈的她，在屍體裡保存了這麼多年的竟然是桃生托兒所的畢業作品。

（原來是托兒所小朋友的作品，難怪有那麼點噁心。）

我說錯了，不是噁心，是笨拙。

擺脫剛剛的無力感，我把黏答答的念珠塞進口袋，走出房間。

*

桃生托兒所和滿月食堂很近，就在人行道的另一頭。

托兒所門前立了個自製的看板，上面寫著「創所紀念慶典」。

環繞托兒所的磚牆上張貼了畫，是身穿藍色圍裙搭配白色圓領制服的小男生、小女生填滿的牆面，下方是打理得很整齊的花壇，綻放著一串紅和好幾種金盞花，讓我想起赤井局長而忍不住沮喪，此時，意想不到的人從背後向我打招呼。

「嗨！妳不是艾莉親戚家的小孩嗎？」

經營酒行的村下先生輕鬆地扛著健康茶和柳橙汁的箱子，跟平常一樣爽朗地笑著。他手上的飲料好像是創所紀念慶典要喝的。

「我叫安倍梓。」

「今天休假嗎？」

村下先生健步如飛地跨過擺放動物雕像和遊具的前院。我望著村下先生依舊脫不去不良少年氣息、走路略帶外八的背影，傻傻地跟在他背後。我先他一步開門時，他竟向我行禮。

「最近都沒什麼精神呢，有什麼煩惱嗎？艾莉也很擔心妳。」

「沒有，沒事。」

「人吶，都是靠著對其他人的依賴才能夠活下去，我做這行常常有感，覺得大家要互相幫忙。」

村下先生似乎很高興能向我這樣的年輕人說教。

「所以才會來這裡送貨吧。」

「對，桃生托兒所也是因為我女兒以前是這裡的學生，所以一直跟我們叫飲料，是長期光顧的常客了，就像我經常去滿月食堂一樣。」村下先生開心地笑了。

「妳來托兒所做什麼？該不會是有偷生的小孩吧？」

村下先生說了個中年歐吉桑會說的冷笑話，但他似乎對我的回答沒興趣，說完就離開了。

我佩服地望向村下先生經常搬酒而鍛鍊出的大力士身影，一邊敲了敲掛了「辦公室」牌子的門扉，出來迎接我的是獨自留在辦公室的所長。今天開始是創所紀念夏季慶典的日子，所有職員都出去準備了。

「居然帶來這麼稀奇的東西。」

看到真理子小姐給我的黏答答念珠，所長非常高興。所長是位可愛的老婦人，白髮紮成小小的髮髻，鼻子上掛著金邊的圓框眼鏡。她親自泡茶給坐在沙發上緊張的我，看著我的眼神溫柔又親和。

「這的確是我們所裡的小朋友送給家長的禮物，不過為什麼要問呢？」

所長舉起先前藏在怨靈胃裡黏答答的念珠，瞇起雙眼。我很在意黏液會沾到所長的手，但是她好像一點也不在意。

「不好意思，黏答答的。」

聽到我這麼一說，所長眨了眨眼睛，一臉不可思議，就連此時，也還是毫不在意地把念珠放在掌心。看來幽靈的黏液也只有我才看得見。

（她看不到黏液，該羨慕還是害怕呢？）

我重新打起精神，挺直背脊。

「我朋友偶然得到這條串珠，想尋找失主，只是那位朋友過世了，所以才由我代替她……」

我沒說謊，只是把朋友過世和找串珠失主的順序對調而已。

「桃生托兒所每年到這個時候都會舉辦創所紀念慶典，小朋友會在慶典上送家長串珠，這是每年我最期待的時刻。」

「每個人設計的串珠都不一樣嗎？」

「雖然沒辦法符合每個人的希望，不過都是大家集思廣益的點子。我們和小朋友一起熱鬧討論，開心地決定每年的設計。」

微笑的我吞下「那麼今年是大便跟蟑螂嗎？」的疑問，來回看著黏答答的念珠和所長。

「不過還真令人懷念啊，這是平成七年的作品。」

「平成七年？」

我的心臟一路竄到喉頭，發出巨大的心跳聲。

平成七年就是真理子小姐被殺的那年。

「到了這把年紀，只記得以前的事情，每個片段的記憶都跟照片一樣鮮明，最重要的事情卻老是不記得。不是弄錯哪個孩子是誰的兄弟姊妹，就是記錯小朋友的媽媽，常常被園裡的老師糾正。」

所長優雅地笑著。

「我還記得喔，之前每年都是送粉紅色桃花的串珠，只有那年——平成七年是做紫色的。紫色的桃花，不過家長都笑著接受了。」

所長雖然說自己的記憶如同照片般鮮明卻又經常忘東忘西，但是最令人吃驚的是她竟然記得這黏答答串珠的作者名字。

「這是楓香小朋友的作品。」

「找到了！」我在心中發出歡呼。

這麼輕鬆就能鎖定小朋友，為什麼警察不先來托兒所調查呢？

這是因為身為幽靈的真理子小姐一直把重要的證據藏在胃裡。如果把證據留在現場，犯人應該會帶走燒掉吧。

「這一年大家都是做手鍊，只有楓香弄錯尺寸，做得特別大。」

所長拿出古老的畢業紀念冊，緩緩地翻開頁面。就連這種時候，所長心中的記憶也比紀念冊更加鮮明。

「楓香，妳有些地方弄錯了，老師幫妳一起重新做吧。」

聽到老師這麼一說，楓香發起脾氣來。楓香小朋友是桃生托兒所史上有名的好勝女孩。

「人家才沒做錯，我一開始就打算要做給爸爸，不是要做給媽媽，所以才做得特別大。」

楓香挺起胸膛反駁的樣子也很可愛。所長模仿當事人，用咬字不甚清晰的娃娃音說給我聽。她一邊調整眼鏡，一邊翻閱封面角落已經磨圓的紀念冊，把那好強的小女生指給我看。

我的眼睛尋找照片欄外的名字，楓香這個名字就像被探照燈打亮一樣，跳進我的視線。

「所長，我把您訂購的貨品放到廚房了。」

村下先生拉開貼滿畫的拉門。

「啊，貨款要怎麼辦呢？」

「就跟平常一樣，我再另外送請款單過來。」

村下先生在他看上去較實際年齡小的臉上，擠出溫柔的笑容，眨著眼睛望向我。

「小梓，妳事情談完的話，我順便送妳回去吧。」

村下先生豎起大拇指，比了比外面。

我握住黏答答的念珠起身。

*

村下先生的愛車是畫了店老闆笑臉的廂型車。

他一邊繫上安全帶一邊自嘲地說：「以前我很愛飆車，現在開的卻是這種家庭式的車子。」客貨兩用的廂型車因為家庭分崩離析，現在只用來送貨。

汽車芳香劑的味道一直刺激鼻子，我打著噴嚏坐上副駕駛座。

「好熱！」

暫時停在夏日晴空下等待主人的廂型車內變得十分悶熱，村下先生不斷道歉，把冷氣調到最強，消除暑氣。

車窗在啟動之後再度關上，我凝視停在人行道對面的白色轎車啟動出發。

車廂內的空氣逐漸冷卻，原本說些無聊話題的村下先生不知不覺沉默了下來。他大概覺得氣氛很悶，於是轉動收音機的開關，豪華過頭的音響播出我熟悉的歌曲。

搭上可樂娜II，
出門去買東西，
發現沒帶錢包，
乾脆兜風去。

村下先生說是令人懷念的歌曲，但是說到一半卻莫名哽咽。太強的冷氣讓我渾身起雞皮疙瘩，但我也只是默默地凝視窗外。

黑色的廂型車並非開往我住處的方向，而是開上前後左右都是稻田的筆直道路，這是通往登天郵局——不對，現在是通往狗山神社的那條道路。

然而我毫不吃驚，也不打算要他把車調頭。我忍住回頭看的衝動時，廂型車已經從狗山山腳的岔路往北開，那是因為土石流而封閉的舊路，路的盡頭只有化為廢墟的狗山休息站。

（哼！）

我從工作褲的口袋中拿出黏答答的念珠，把真理子小姐僅剩的遺物亮在村下先生的眼前。

「這是朋友送我的禮物——也是當初你女兒在上桃生托兒所時送給你的禮物吧？」

桃生托兒所裡出了名好勝的「楓香」就是姓「村下」，黏答答的念珠製作者是現在年紀跟我一樣大的楓香。

「你不問我是從哪裡拿到的嗎？」

「年輕女生不應該用這種方式問話。」

村下先生把車停好。擋風玻璃前是我熟悉的陰沉廢墟。

（真是的，我究竟在這裡做什麼？）

赤井局長和鬼塚先生已經不會再來狗山休息站，不會再有人來救我了。

「你殺了給我這串念珠的人吧？你知道嗎？應該知道吧，她就是前一陣子你在滿月食堂提到的島岡真理子——這是真理子小姐從嘴裡吐出來的東西，她一邊呻吟一邊用力吐出來。她是幽靈，沒辦法帶在身上，只好吞進胃裡。就像俗話說的一樣，放在身上，寸步不離，她就是這樣保管殺死自己的兇手身上的物品。」

「女孩子都喜歡聊幽靈的事呢。」

村下先生說話的時候並沒有看我，車子持續發動著，冷氣也愈來愈強。白色的小蟲飛來，停在擋風玻璃上。

「為什麼妳那麼在意以前的事情呢？」

村下先生斜瞄我的眼神滿是不耐。

「因為我和真理子小姐是朋友。」

我凝視近在身旁的男子，某種溫暖的氣息穿透衣服的纖維，鑽進我所有毛孔，充斥體內，但是我卻一點也不害怕。無論是眼前的前不良少年，或是附身在我身上，透過我的雙眼凝視村下先生的某人。

「友情很重要呢。」

村下先生也筆直地凝視我。他的臉上浮現前所未有的表情，就連以前還是不良少年的時候，也不曾出現過這樣的表情。上次出現相同表情時，他殺了真理子小姐。

「要是殺了我，你會被警察逮捕喔，畢竟所長看到我們一起搭車離開。」

「那我就連所長一起殺。就像殺了真理子，殺了我太太，殺了妳一樣。」

以前是因為打架，現在是因為扛飲料而練出的強壯大手，正在我脖子上施力。

那一瞬間，我代替真理子小姐，連同村下先生回到他也從未忘懷的過往。

*

那是八月底的某天，逐漸進入秋高氣爽的日子。

島岡真理子住在古老的國宅與民宅密集如迷宮的一角。她的住處比其他房子稍微新一點，牆壁漆的是看上去有些廉價、她喜歡的奶油色。

之所以會讓真理子住在如迷宮般的地方，是認定真理子屬於自己的暴發戶醫師為了躲避妻子眼線所致，然而宇津見院長並未放棄炫耀自己很吃得開，刻意向周遭展現真理子的存在。

真理子經常受到宇津見妻子的欺侮，又遭到男友田中匡彥出於嫉妒的暴力相向。村下不明白真理子在自行選擇的愛恨漩渦中究竟是痛苦還是享受。但是這名看似不幸的女子卻能輕鬆地讓男人的下半身因為她而蠢動，而她也輕易地接受對方。

讓真理子陷入苦惱的田中匡彥是村下的酒肉朋友，略有家產，個性不怎麼討人喜愛，所以村下剛開始是打從心底想要幫助真理子。

村下經常造訪真理子家，他知道真理子是別人的情婦，也有男朋友。但是既要躲避兩人的視線，還要瞞著妻子偷偷前來會真理子，實在是充滿刺激和樂趣。

真理子哭泣的臉龐比笑容更可愛。她不顧另外兩個男人，找自己商量事情也增強了村下的自尊心。聽到真理子向自己傾訴其他男人令她哭泣與苦惱，村下感到無比的喜悅，他覺得自己徹底打敗綜合醫院的院長和暴發戶的兒子。

但是漸漸地他也厭倦了這種自我滿足。

「真白癡，我不過是個爛好人罷了。」

而讓事情一下就跳到最壞的結局，原因就在於真理子只相信村下這個男人——這真是諷刺至極。

真理子懷孕了，她一直堅持村下是孩子的父親，只是她的主張毫無根據。

「宇津見醫生的太太很可怕，告訴匡彥我懷孕的話，他一定又會生氣打我。」

所以真理子希望村下當孩子的爸爸。

真是莫名奇妙。

如果被宇津見醫生發現自己劈腿，可能會失去醫院事務員的工作，也會被趕出這間套房，但這些都比不上遭到宇津見妻子報復來得可怕，更不用說有暴力傾向的田中匡彥，根本無法向他提懷孕的事。

「那我怎麼辦？我也是有老婆小孩的人啊。」

「你不用在意，我會一個人撫養孩子，你只要偶爾來一趟，跟他說你是爸爸就好，因為他是你的小孩啊。」

真理子雖然能夠理解暴力或是欺侮等直接的威脅，但基本上欠缺站在對方立場思考的能力，所以她認為總是溫柔傾聽的村下是可以完全信賴的男人。村下則是過度以自我為中心。他原本以為自己勝過另外兩人，結果到頭來最倒楣的是自己。

無論是真理子的金主還是男朋友，都不知道村下的存在。換句話說，就是眼裡完全沒有村下。

村下若是拒絕真理子不合理的要求，也不會有什麼問題，但他這個人的優點也是缺點便是無法拒絕弱女子，他的自尊心不允許自己這麼做。

「我明白了，就這麼做吧。」

血液在體內沸騰，他覺得自己彷彿可以聽到血液在體內衝撞的聲音，儘管如此，他還是跟平常一樣拍著胸膛說：「放心吧。」他又再次強調：「交給我。」他當然沒有告訴真理子什麼事情可以交給他。

那之後過了十多天，村上的心情好到自己都覺得不可思議。對於真理子的厭惡使得他覺得妻子與女兒格外可愛。他充滿愛意的態度使得家庭比往日更為和樂，無論是妻子、女兒或是村下自己都覺得那十天是這輩子最幸福的時光。

村下原本就沒有自省的能力，自然也不會發現心中的空虛，心裡滿是要守護妻子與女兒的想法。促使他付諸行動是女兒的托兒所舉辦夏日慶典那天。楓香以她不甚靈巧的小手為父親所製作的手鍊加深了他的決心。

「這不是做給媽媽的，是做給爸爸的。」

楓香這句話讓妻子有些失落，但是他對妻女的愛在那天達到頂點。反觀為了那些男人自甘墮落的真理子肚子裡的孩子卻令他感到噁心。他無法原諒將自己置於那些男人之下的真理子，更不可能讓那群骯髒的傢伙威脅自己的家庭。

我沒有錯。

最奇妙的是村下絲毫沒有想過真理子肚子裡的孩子可能是自己的。

被風吹動電線，圍成一個區塊。

村下打從一開始就決定要殺死真理子，並計畫將事情推到朋友田中匡彥身上，因此稍微變了裝，換上田中工務店的工作服。

真理子住的出租公寓牆壁是廉價奶油色。

當他接近沒品味的真理子一直誇耀的老舊公寓時，出現一輛特別顯眼的左駕德國車開進停車場（譯註：日本的車子都是右駕，只有進口車才是左駕）。開車的人曾出現在真理子房間的相框中，即宇津見綜合醫院的院長。

村下嚇了一跳，停下腳步。

此時經過他身邊的是畫有藥商標誌的小型廂型車。

「醫生，真沒想到會在這裡遇到您。」藥廠的業務員對宇津見院長諂媚地笑著。

走出停車場的油頭中年男性坦然地走向公寓入口。業務員臉上的媚笑轉換為皺眉，快步離開。躲在陰影處的村下心中湧起一股不合理的憤怒。

今天是他第一次看到包養真理子的男人悄悄來到她的住處。

村下也不知道自己究竟愛不愛真理子，但總之他就是氣憤難耐。

「她是我的女人。」他嫉妒起宇津見院長。

同時他也暗自高興可以把嫌疑推到宇津見院長身上。剛剛藥廠的業務員完全知情那房子裡住了宇津見院長的情婦，也知道院長是要去見她的情況下，與他交談。

村下的殺意因而更加堅定。

宇津見搭上那輛令人不爽的進口車離開的同時，村下打開真理子的房門，一句話也沒説就從背後勒住她。痛苦掙扎的真理子把手繞到後面，用力抓了村下的手腕，但是對於村下而言那就像小貓抓一樣，一點也不痛。真理子可能是在掙扎時撞到頭，小小的鼻孔流出鼻血，弄髒了村下變裝所穿的工作服。

真理子纖細的喉嚨被折斷，再也發不出呻吟時，村下引燃堆在地上的女性時尚雜誌，離開房間。

「真理子再見，我改天再來。」

過於順利的村下緊張不已，離開時還順道對真理子告別——在同一層走廊擦身而過的主婦表示她目擊了身著工作服的男子身影。

主婦發現真理子的門裡冒出煙霧，趕緊聯絡消防隊，但是消防隊趕來時，房子和真理子都已經完全焦黑了，原本進出這個房間的男性應會留下的指紋也消失得一乾二淨。

因為有目擊者出面指證，使得案情從失火意外轉變為殺人事件。這時候村下才發現女兒用心製作的禮物在關鍵時刻被那個女人搶走。

「反正也都燒光了。」

村下一方面因為可作為證據的東西已經完全燒毀而安心，另一方面又因為失去女兒親手製作的禮物而心痛，那心痛更勝於殺死真理子和她肚子裡的孩子。世間的謠言往往令他心情上下起伏，然而那股心痛保護他不受謠言影響。

我沒錯，我一點也沒錯。

原本說在事發之前目擊宇津見院長的業務員之後又翻供，這讓村下非常憤怒。儘管謠傳是業務員為了自保而撒謊，但是沒有人能推翻他說看錯人了的證言；主婦雖然看到變裝為田中匡彥的村下離開現場，但是她並未認定目擊的男子就是田中；宇津見的妻子雖然經常欺侮真理子而被列為嫌犯之一，最後依舊被排除在嫌犯名單之外了。

＊

「原來是你。」

駕駛座和副駕駛座之間湧上一股不明的氣息，原本勒住我脖子的村下先生也頓然鬆開手。

「你這個人也真是的，那麼討厭我就直接跟我說不就得了嗎？」

村下先生看到燒焦的頭髮在眼前晃動，發出野獸般的悲鳴。

真理子一根接著一根，鬆開勒在我脖子上的手指。村下先生只是愕然地凝視擋風玻璃外的景象，出現在他眼前的是在桃生托兒所看到的白色汽車，圓臉的丸岡刑警和同伴一起下車向我們跑來。

村下先生以殺人未遂的現行犯名義遭到逮捕，警方把我從廂型車中救出時，真理子小姐瞬間從我的視線中消失。

＊

村下先生遭到逮捕一事，在滿月食堂引起一陣騷動。

「阿丸也真見外，原來一直盯著村下先生，居然都不跟我說一聲。」

「艾莉，那是阿丸的工作，搜查時他得保密。」

我邊偷吃馬鈴薯燉肉邊說。艾莉做的菜怎麼這麼好吃？簡直就是料理之神。好吃到我都要懷疑狗山比賣是不是還附身在她身上了。

「啊啊，我不能原諒阿丸連我都騙了。」艾莉氣呼呼地鼓起臉頰。

丸岡刑警和村下先生一起泡在滿月食堂，其實不是為了忘懷與家人疏遠的寂寞，而是一直在監視嫌犯。

簡單來說，村下先生其實是另一件案子的嫌犯。聽到詳情之後，我們都嚇得渾身顫抖，原來村下先生殺害了他口中分居中的妻子。

關山先生對我說：「村下那傢伙不僅殺了情婦，還殺了妻子，早已殺紅了眼，差點連妳都要被他殺了，能夠死裡逃生真是太好了、太好了。」

我還是第一次聽到他這麼熱切地對我說話。

如同關山先生所言，就連我也差點被殺的村下殺人事件，警方的解釋是「異常殺人狂的隨機殺人慾望」。

我為怨靈找出殺人兇手，最後反被怨靈所救。我不知道該怎麼說明，兇手也不會知道前因後果吧。

「小梓，妳額頭上的OK繃要掉了。」

「妳有新的嗎？」

我站在洗手台的鏡子前重新貼OK繃時，感覺到身旁有別人的氣息。明明鏡子裡只有我的影像，一回頭卻看到真理子小姐。

「謝謝妳幫我找出兇手。」

真理子小姐跟平常一樣濃妝豔抹，身穿超短洋裝，但是今天的她沒有燒焦的痕跡和屍斑，甚至看起來比平常幸福一些。

「我才要謝謝妳救了我一命。」

「我什麼也沒做啦。」

真理子小姐用手指繞著沒有燒焦的頭髮，垂著眼睛看我。

「妳接下來要怎麼辦？沒有登天郵局就不能成佛吧？」

「也不見得是這樣。乙姬市車站後方好像有類似的場所，不過不是郵局，而是電影院，我想去那裡試試看。」

「再見。」真理子小姐一說完便消失了。

「等一下。」

這次真的是我最後一次見到真理子小姐了。我連為離別哭泣的機會都沒有，就在去洗手間的時候順道和她永別了。當我邊用手帕拭淚邊回到店內，來吃定食的老婦人舉起花朵圖案的枴杖向我致意。

「妳也積了不少功德呢，真了不起。」

向我打招呼的是人人害怕的楠本觀光集團皇太后——玉枝老太太。

「老太太！」

我忘我地抓住老太太的手搖個不停，新來的司機在拉門後方看到我的動作，嚇得臉色大變衝過來。老太太粗暴地趕走對方：「這孩子是我的朋友。」

「登天郵局怎麼了呢？」

玉枝老太太一問，我不知該如何回答。畢竟我無法告訴年事已大的老太太登天郵局輸給狗山比賣，大家都被殺死了。

「他們本來就是陰間的人，總不會死吧？」

無須說明玉枝老太太就已經察覺到什麼，還反過來安慰我：

「妳也還健健康康的，就努力工作吧。我聽赤井先生說妳有一項其他人都沒有的技能。」

看著玉枝老太太滿是皺紋的消瘦臉龐，我瞬間覺得自己好像回到了登天郵局。

「老太太也要努力累積功德，將來好到極樂世界去。」

我這麼一說，老太太馬上不高興地敲桌子：「少說這種觸楣頭的話！」

窗邊的風鈴隨著涼爽的微風搖曳，看來已經到收起風鈴的季節了。

「等一下，不好意思，小梓，倉庫的鑰匙在哪裡？」

艾莉在我背後問著。

「剛剛放在冰箱旁邊吧。」

「喔，好棒、好棒，真的有吔。」

聽到艾莉開心的聲音，玉枝老太太也笑了。雖然大家都已消失不見，然而我尋找失物的才能依舊不變。

「妳看，事情不是那麼簡單就會改變的。」

我坐在對面的椅子，看著玉枝老太太品嚐西式簡餐的模樣。

結局

積雨雲爬上夏日的天空，我騎著腳踏車邁向狗山。

登天郵局和怨靈真理子小姐的騷動結束之後的去年秋天，我也找到工作，搬去城裡。進入新公司以來，我為學商用電腦軟體而頭大，不時用錯敬語（這時候就會想起立花老師），加上常要提出新企畫的簡報，日子過得很忙碌。

雖然我不知道是不是找到了真正想做的工作，不過我發現自己每天都笑口常開。

因為忙到沒有空請年假，真的有空休息已經是八月底了。我沒有去旅行的計畫，結果還是回到鄉下老家。儘管經常調職的父親連同母親早我一步離開這裡，因此其實也沒有我可以回去的家。

我到去年夏天打工的滿月食堂，艾莉爽快地把紅色腳踏車借給我，雖說這台腳踏車本來是我搬家時硬塞給她的。

晚夏的午後，路上放眼望去淨是稻浪。

一年未見的乾枯農業道路旁，有一個我看過的路肩標示。

經過當初摔到田裡的地點時，想起真理子小姐凝視我的緊張模樣反射在後照鏡中。

（真理子小姐去到陰間也還是繼續上男人的當嗎？）

再也見不著的真理子小姐，感覺就跟自己的未來一樣遙遠——不過想到我也無法遇見未來的自己，就覺得再也見不到的真理子小姐其實離我也沒有那麼遠，這種感覺非常不可思議。

我經過狗山山腳下的三叉路，道路愈來愈狹窄，樹影參天。突然一道冷風吹起，輕輕撫過我的臉頰。

（咦？）

我停下腳踏車。

陰暗處傳來蟬叫聲，老舊的煞車聲撕裂空氣。

（這裡是哪裡？）

通往狗山是一條筆直的道路。雖然我第一次來的時候走到禁止通行的舊路，但是那之後發生的種種事情讓我記得這一帶單純的地理關係，可是這次我居然又迷路了。

儘管我並沒有計畫爬上狗山要做些什麼特別的事，但是不到一年就忘記當初通勤的路線讓我啞口無言。

我發現一座用廢棄材料建造的巴士亭，裡面坐了一位穿著日式圍裙，個頭嬌小的老婆婆。

「這條路通往狗山神社嗎？」

嬌小的老婆婆可能耳背，依舊漠然地整理自己的東西。我走下腳踏車，朝老婆婆再問一次。老婆婆嫌麻煩似地停下她小小的手。

「是梓子嗎？真是令人懷念啊。」

她的聲音就像管風琴。出現在我眼前的不再是老婆婆，而是五官端正、皮膚白得像戴面具的少女——狗山比賣。

「要去神社不是這條路喔。」

看到仰望我的嬌小白皙臉龐，我嚇得放開腳踏車，老舊的紅色腳踏車應聲倒地，放在籃子裡的帆布包也隨之掉落在地。

「好、好久不見，那時候承蒙您照顧了。」

我渾身僵硬、少根筋地說出這句招呼語，狗山比賣正撿著我散落一地的東西。

「朝這條路走，看到紅花的時候右轉。」

狗山比賣的聲音就像和聲，就跟流星墜落、花朵四散、登天郵局消失不見的那個晚上一樣。

「妳也積了不少功德呢。」

狗山比賣和去年的玉枝老太太說出一樣的話，把從包包裡掉出來的功德存摺遞給我。

＊

我依照白皙臉龐少女的指示前進，騎到紫薇盛開的叉路右轉，這條路似乎是通往狗山休息站的捷徑。

（不過現在跑去靈異景點也沒意思。）

看到當初作為登天郵局倉庫的狗山休息站，現在的我一點也不害怕。

（難得來一趟，去看看吧。）

我看到停車場混凝土的裂縫中開出向日葵，然而搖曳的向日葵前方卻不是化為廢墟的靈異景點。

「咦？」

出現在我眼前的是屋齡十年左右的兩層木造建築，外牆張貼化妝板。建築物後方是不可能出現於現實中的廣大花田。

身穿工作服的紅臉大漢推著農用單輪手推車，搬運花朵的肥料，這名像尊不動明王的巨漢看到我，便露出聖誕老公公般的溫柔神情。

建築物上懸掛「登天郵局」的看板，玄關前方有位小個頭的老人在篝火中燒著東西。

「赤井局長！登天先生！」

聽到我高分貝的叫聲，看起來依舊像是漫畫人物小池先生的青木先生老大不高興地從郵局中探出頭來。

「終於所有人都到齊了，看來只有一頭不夠吃。」

鬼塚先生扛著徒手制伏的亞洲黑熊出現了，在他身後的赤井局長用掛在胸前的圍兜兒擦拭滿是泥土的雙手，抬起眼睛看我。

「來得正好，我們都在等妳呢。事情是這樣的，有個土偶一定要請妳幫忙找出來才行……」

我又從腳踏車上摔了下來。

後記

我以前曾經在靈異景點工作過。

那是一間小公司，租借廢棄的綜合醫院當作辦公室。辦公室位於老舊的鋼構建築頂樓，伺服器會在半夜突然啟動。因為該地點確如鬼故事的舞台，也許是我們多心，不過辦公室的確發生了許多脫離現實的現象，例如不認識的人坐在位上吃冰、明明沒有小孩和嬰兒，卻傳來小孩或是嬰兒的聲音。

如同沒有結局的日常生活，我們並未刻意區別這些怪異的現象究竟是現實或是錯覺，想說就這麼算了。現在回想起來，明明是我們擅自闖入幽靈的領域在那裡上班，身為主人的幽靈對我們真是非常寬容。

很久以前聽說那棟大樓已經拆除，也許現在已經蓋了新的建物也說不定。

這幾年我以「生是什麼？死又是什麼？」為主題，寫了好幾篇小說。《幻想郵局》是我針對生死問題先整理到一個段落時寫的長篇小說，雖然故事內容開朗活潑，但也滿是「死去的人不是單純消失而已」的心情。

死去的人不是單純消失而已。

如果只是單純消失的話，我該怎麼解釋鄰居阿伯過世的清晨在房間角落徘徊不去的身影或是陌生人出現在辦公室的一角吃冰的現象呢？每當聽到「人比鬼更可怕」這句話時，我覺得這真是不懂幽靈的人的傲慢說法，我更願意相信死者其實也存在我們身邊。

我正在看這本書的校對稿時，日本發生了三一一大地震。停電使得我幾乎無法獲得任何資訊，知道地震的慘狀也是一天之後的事。地震過後一星期，住在災區的朋友告訴我的現實情況比起新聞報導嚴重多了。

面對這樣的現實，我還能說「死去的人不是單純消失而已」嗎？我不斷反芻自己的想法。一直到寫這篇後記的現在，我也還是想不出答案。但是我想「儘管生命隕落，曾經活著的人並不會就此消失」，我是認真地如此認為。

二〇一一年四月十九日

堀川麻子

文庫版後記——溫暖的地方

記得昭和五十八（一九八三）年的某個夏日午後，我和幾位年齡相仿的女性朋友一同前往青函郵輪（譯註：往返青津與函館之間的郵輪）的候船室，當天我們並沒有要搭船，在候船室聊了一些言不及義的話題之後就各自四散回家了。

那天是我去八戶參加三級無線電通信士考試回家的路上，就此和朋友告別也有些寂寞，結果不知道是誰提議說：「那我們去吃冰吧。」我本來以為是要去哪裡的冰果店，結果卻被來到候船室。

「這邊，這邊。」

我們在月台下車之後走向與車站相反的方向，爬上如同張著漆黑大嘴的樓梯時，我覺得有點可怕，心想這裡怎麼會有樓梯？

爬上謎樣的樓梯之後，出現在眼前的是非常老舊的空間——（哇！）這個空間超乎現實，宛如小說或電影中的場景，簡直神奇得不得了，但是這裡究竟是哪裡？

「這裡是郵輪的候船室，妳沒搭過青函郵輪嗎？」

小學和國中的畢業旅行都是去北海道，所以來回我應該待過四次郵輪的候船室，但是與我還只是吵吵鬧鬧的小鬼的時候相比，這裡彷彿完全不同的世界。

因為那天只有我們一行人，除了我們的喧嘩之外，一點聲音也沒有。建築物也和人類一樣會變老或是享受午休的時間——青函郵輪的候船室帶給我這種感覺。

雖然現在已經想不太起來，但是我依稀記得候船室的三面都是窗戶。記憶最清晰的是當初買來的杯裝冰淇淋（應該）是流行的薄荷巧克力口味，那是我第一次吃薄荷巧克力口味，本來以為吃起來會像是加了巧克力的牙膏，讓人誤以為會對牙齒好，但其實會害人蛀牙的味道，沒想到嚐一口，發現真的很好吃而莫名感動。

當時正是泡沫經濟破滅的前夕，處於日幣升值的不景氣狀態。我沒考上大學也沒找到工作，現實情況四面楚歌。我想好歹要學會一門技術，於是去考無線通信士。至於文科的我為什麼要考無線通信士，是因為在報紙的一角看到「職業學校由於學生人數不足，要再開放招收學生」的報導，這就是我報考的動機。看來我悠哉的程度也不輸給本書的主角安倍梓。

不對，仔細想想，其實當時我就已經有想要從事的職業了，那時的夢想是成為小說家。

雖然我四處吹噓將來想成為小說家，但是身邊沒有人當真。我一方面不覺得自己辦不到，不過也沒什麼依據相信自己真的能成為小說家，總之就是沒有認真思考過。

然而夢想並不是說了馬上就能實現，所以還是得先工作才行。結果高中畢業之後，也不在意自己的職業性向如何就跑去職業學校接受訓練，當時的我思慮實在非常淺薄，完全是想到哪走到哪。

儘管如此，我還是通過無線通信士的考試，第二年也通過兩個比較困難的證照考試，但是最後我並沒有當上無線通信士。我找到其他比較開心的工作，工作六年後又發現自己實在不適合而辭職。

之後歷經各種波折，終於實現夢想，成為一名小說家，距離在青函郵輪的候船室吃冰淇淋的日子已經過了二十年。

二十年。回想當時，我實在是太年輕也太不成熟了，完全沒想到日後人生的波濤，天真得可憐。

另一方面，讓我們暫時休憩的古老空間只是靜靜地接待我們。西邊的窗子照進開始西下的陽光，溫暖了空蕩而古老的空間。候船室就像看著孫女般的老人，靜靜看著吵鬧的我們。目睹眾多渡海旅客悲喜將近一世紀的候船室，就像緩緩地步向老年與死亡的溫柔老爺爺。老爺爺那天其實已經看到我們之後的人生了吧？

那間候船室隨著青函郵輪的停駛而拆除，現在已不存在了。

儘管如此，我卻認為那間候船室其實是遷往廣大世界的某一角落，繼續目送搭乘郵輪前往另一個世界的人群，就像書中的登天郵局一樣。而我有一天可能也會背著塞滿愛書的大背包，提著兩只各有兩隻鸚鵡的鳥籠，再次踏上那令人懷念的碼頭去搭船。

二〇一三年一月

堀川麻子

娛樂系 004

幻想郵局

作者 堀川麻子
譯者 陳令嫻
責任編輯 王淑儀
美術設計 POULENC
書衣插畫 tamaki
書衣裡插畫 chocolate
內文排版 高嫻霖
總經理 戴偉傑
出版顧問 陳蕙慧
發行人 林依俐
出版 青空文化有限公司
台北市106大安區仁愛路四段107號7樓
讀者服務信箱：service@sky-highpress.com
總經銷 大和書報圖書股份有限公司
電話 02-8990-2588
印刷 前進彩藝有限公司
出版日期 2015年6月 初版一刷
定價 200元
ISBN 978-986-91288-6-5

《GENSOU YUUBINKYOKU》

國家圖書館出版品預行編目(CIP)資料

幻想郵局 / 堀川麻子著；陳令嫻譯. -- 初版.
-- 臺北市：青空文化, 2015.06
288面； 10.5 x 14.8公分. -- (娛樂系；4)

ISBN 978-986-91288-6-5(平裝)
861.57 104008338